传闻中的

Chuan Wen Zhong De Er Shao Ye

二少爷

捌望月 著

漫娱图书 长江出版社 CHANGJIANGPRESS

目录

contents

继承人游戏，主剧情加载中……

游戏背景：

欢迎来到二十世纪的申滩。

现在是深夜，狂风骤雨。

你撑着一把油纸伞，站在霞飞路第1293号大宅前。

一道惊雷如紫色的长蛇，"轰隆"一声将夜空撕开裂缝。一瞬间，天空亮如白昼，照亮了宅门前红色灯笼上大大的"李"字。

雨水倾泻而下，把地面分割成大大小小的水塘，借着电光，映照出你的脸。

那是一张十七岁少年的脸。面如满月、目似朗星，只有富贵人家的少爷才有这般气派。但你身上穿的那件半旧单衣，以及你粗糙的双手，又显示了你贫苦的境况。

你俯视污水塘中寒酸的自己，苦笑一下。接着抬眼，仰望水塘之上，这座西式风格的堂皇大宅。

在这个租界面积占了七八成的繁华城市，上等人是相当热衷于居住在花园洋房中的。住在里面的老爷、太太、少爷和小姐们抽着来自Y国的大烟，吃着来自R国的鱼子酱，喝着来自F国的葡萄酒，开着来自D国的轿车。似乎就忘了洋人们带来这些好东西的同时，转身也带走了无数的银洋、土地和人口。

你在街上会听到有跟你差不多岁数的年轻人聚在一起大喊"抵御外辱，夺回山河"。

你则现实得多，你也有要夺回的东西。

而那东西只能属于你。

面前的李府，是申滩数得上号的豪贵人家。而你，则是这家的第三代传人。

十二年前，你神秘失踪，今日终于归来，就是要找回失去的亲人……和属于你的那一份财产。

你不动声色，手心则紧紧攥着一个东西。

获得物品

这是半枚玉佩，晶莹圆润，一看就知价格不菲。
光滑的表面，刻着一句诗："江流天地外"。

半块玉佩

这玉佩你一直带在身边，不敢有丝毫闪失，因为它是证明你身份的关键证据。

你闭上眼，仿佛又听见"那个人"低沉的声音："没有玉佩，你就什么也不是。可即使有了玉佩，你还有许多险关要闯。一定要记得这首诗……"

在心里，你把"那个人"教的诗又默念一遍。

蓝田玉成诗，
胸有凌云志。
忠士蒙主弃，
舐犊情未深。

这首诗平仄不合、语义不通，可以说写得很蹩脚。但只有你和"那个人"知道，里面隐含关键"密码"，可助你成功回到李家。你提醒自己，必须好好参悟，方能化险为夷。

你深吸一口气，向前踏了一步，瘦弱的拳头准备敲响沉重的大门。

拳头刚落下，头顶又响起一声炸雷，似乎是提醒你，在进入这深宅之前，必须先认清自己的本心。

你想在这个藏有无穷财富和无尽秘密的家族之中，扮演什么样的角色？

游戏加载完毕，请选择你的人物设定

玩法介绍：

世事如棋局，一旦落子，变化万端。在接下来的游戏互动中，有的选择将影响深远，产生不可控的蝴蝶效应，甚至会决定整个故事的走向。每逢关键剧情，系统将对你进行提示，你可以根据人物特性，做出相应选择。

局内人

在权力与财富的游戏中，要么赢，要么死。从你决定进入局内成为玩家的那一刻起，就再没有任何退路。在你面前，只有一条通道——成为家族的继承人。为了这个目标，你竭尽全力也要去生存、去赢。

（提示：作为局内人，你将有很大概率笑到最后。如果玩家想要体验最完整的剧情，推荐此模式。）

选择此模式

诚然，李府的财产对你来说，有着无法抵抗的吸引力。但你总觉得，世界上也许有比金钱更重要的东西。

提示：无情流水多情客，劝我如曾识。选择此模式，你也许不会取得世俗意义上的成功，但说不定会收获另一段人生体验呢？孰是孰非，值得与否，只有你自己做判断。

多情客

选择此模式

你蔑视人世间的一切规则，所行所为皆只出于本心。你也许会失败得很快，也许会开辟出一番新天地，谁知道呢？

提示：在此模式下，你可以忽视系统提示，任意进行剧情选择。此种模式下玩家的自由度最高，当然，失败的概率也最大。并不推荐初玩者选择。

探索者

选择此模式

确认你的选择后，主剧情正式开启……

不入虎穴

CHAPTER ONE

做好决定后，你的拳头终于落在了厚重的铁门上。

陌生的气味和声响，立刻引得院内几只猛犬吠成一团。在狗叫声中，隐隐传来了人的叫骂声。紧接着，大门铁栅栏的间隙之间出现半张凶狠的脸，瞪着你问："哪儿来的？"

你微微一笑："你不认识我。告诉爹爹和老太爷，江流回来了。"

听到这个名字，那人一愣，接着立刻急匆匆地向屋内奔去。

片刻工夫，他又上气不接下气地跑了回来，身后还跟着一位满脸精明之色的中年人。

中年人隔着铁栅栏，先带着审视的神色，上上下下打量了你一会儿，然后才客客气气地问："先生，我家老爷让我请教您，'江流天地外'，下一句是什么？"

他叫你"先生"，显然是怀疑你的身份。因此，你接下来的回答，至关重要。还好，那首诗里就藏着你想要的答案。你毫不犹豫，立刻回答：

互动1

| **A** | 水倒窟窿里。 | **进入1号剧情** |

| **B** | 山色有无中。 | **进入2号剧情** |

1号剧情

"水倒窟窿里？"你试探着答道。

中年人啧了一声："哼，又一个招摇撞骗的！来人呀，给我去请金探长，让他派人来，把这家伙送提笋桥去！"

你面无人色，知道提笋桥指的是青浦江畔的一处大牢。刚想逃跑，几个家丁已经从铁栅栏里冲出来，把你按倒在湿漉漉的地面上……

游戏失败

孩子，记得在牢里多读点书。

2号剧情

"山色有无中。"你淡淡答道。

中年人的脸上露出一丝笑意："听主人说，那位失散多年的二少爷会背的第一首诗就是王维的《汉江临眺》，为此老太爷还特意赏了一块玉佩给他。所以，若是连这首诗的下半句都背不出来，肯定是不入流的骗子。'说着，他郑重其事地拿出半块玉佩，期待地看着你。

你也把手掌一张，露出躺在掌心的那半块玉佩。

互动2

| A | 你把玉佩递给了中年人。 | 进入3号剧情 |

| B | 你只肯把玉佩伸到距离铁栅栏三寸远的地方，就不肯再往前递了。 | 进入4号剧情 |

局内人模式推荐选择 ▲

3号剧情

中年人恭敬接过，将两块玉佩合二为一，组成一句完整的诗："江流天地外，山色有无中。"他点了点头，把整块玉佩还给你，示意手下开门。

·获得物品·

这是半枚玉佩，晶莹圆润，一看就知价格不菲。
光滑的表面，刻着一句诗："山色有无中"。

另半块玉佩

两瓣玉佩刚靠近彼此，就产生了一种神奇的引力，合成一块云朵状的玉佩。

进入5号剧情 ⟩

4号剧情

中年人见你不信任地瞧着他，笑了笑："防人之心不可无，我理解。"

隔着铁栅栏，他主动把那半块玉佩伸向你的手，两块玉佩合二为一，组成一句完整的诗："江流天地外，山色有无中。"

中年人点点头，任凭自己的半块玉佩还在你的手上，示意手下开门。

◆获得物品◆

这是半枚玉佩，晶莹圆润，一看就知价格不菲。
光滑的表面，刻着一句诗："山色有无中"。

另半块玉佩

两瓣玉佩刚靠近彼此，就产生了一种神奇的引力，合成一块云朵状的玉佩。

进入5号剧情 ↗

能力值+1

提示：李江流 能力 卡 使用方式——每增加一点能力值，便可在卡片上增加一朵蓝色云朵图案，共12点。

5号剧情

"请随我来。"中年人擎着灯笼，走在前面引路。他的态度比刚才恭敬多了，但还是没称呼你为"二少爷"，所以你知道，前面还有好几关要过。

走廊上，昏暗的灯光一明一灭，照出窗台下一个模模糊糊的人影。你起初看不分明，走近一看，却吓得浑身直冒冷汗。

那人遍体鳞伤斜坐在墙角——竟是一具死状奇惨的尸体！更离奇的是，他的额头至后脑有一圈整齐的红色伤痕，虽细如红线，但切口极深。

"怎么办事的！"中年人斥责道，"让你们把这东西藏好，结果就随随便便放在这里！若是惊了客人，仔细你们的皮！"

家丁们唯唯诺诺，把尸体拖走了。也不知是不是雨声错乱了你的听觉，你隐约听到他伤痕累累的脑袋磕到地面时，竟发出"笃笃"的空洞响声，仿佛木鱼敲响的声音。

冰冷的尸体被拖走后，中年人对你微微一笑："先生莫怕，前几日府上来了一人，说有二少爷的消息，大洋骗了不少，却连一句真话都没有。大少爷性子急，几下就把人给锤死了。不过不要紧，雨一停，巡捕房金探长就会派人把他抬走的。"

你点点头，一滴水珠从额头爬进了眼睛，刺得眼珠子生疼。也不知道是雨点，还是冷汗。

中年人把你引进大宅的一扇偏门内。进去之后，是间不大的屋子，倒暖和得很。地面和墙壁都贴着洁白的瓷砖，房间正中是一个大木桶，里面已经倒满了热水。木桶旁，站着一名俏丽的小丫鬟，双手还捧着一堆干净衣服。

"这是……"你一愣。

中年人柔声说："这么大的雨，一定冻坏了吧。洗个热水澡，换身衣服，我再领您入室。"

你不好拒绝，只好宽衣解带。正脱着，发现那小丫鬟不仅没有随中年人一起出去，反而瞪大了两只乌溜溜的眼睛，看着你消瘦的胸膛。于是你……

互动3

A	嘿嘿一笑，抱住了小丫鬟。	进入6号剧情
B	害羞不已，执意请小丫鬟离开。	进入7号剧情
C	视若无睹，也不管她，自顾自洗起了澡。	进入8号剧情

6号剧情

你嘿嘿一笑，抱住了小丫鬟："不认识我？我可是李府失散多年的二少爷，以后就跟着我吧，包你吃香的喝辣的！"

没想到，她反手就是一个巴掌打在你脸上，然后哭哭啼啼地跑了出去。紧接着，一个身穿华服的年轻人冲了进来，强壮的手臂直接把你的脑袋摁进洗澡水里，大吼道："冒充二弟，还敢调戏我的丫鬟？去死吧你！"

你没想到，自己刚过第一关，就要被溺死在洗澡水里……

游戏失败

万恶淫为首，千万不要学旧社会的土豪，
把女性当作你的玩物。

7号剧情

那小丫鬟比你还小好几岁，你实在不好意思当着她的面脱衣服。于是不管她如何不愿，你还是执意把她请到了小屋外面。

终于，整个屋子清静了，你总算可以舒舒服服洗个澡了。

你刚把身体浸入温暖的水里，门却被一脚踹开。刚才的中年人领着一帮人冲了进来，二话不说，就把你赤身裸体扔到了马路上。

你躺在路上，被冷雨淋得瑟瑟发抖，却怎么也想不通为什么洗个澡都洗出祸事来。

游戏失败

你是正人君子，只是还欠缺一点思考。
回去好好想想那首诗，再重新来过吧。

8号剧情

你见小丫鬟只顾打量你的胸膛，隐隐猜到了什么。于是不理会她的目光，径自脱掉上衣，露出胸口一块云朵状的淡色胎记。一见到那胎记，她立刻说："不打扰爷了，奴婢告退。"

你微微点头，等她离开后，这才脱去其他衣衫，如释重负地把湿冷的身子泡进热腾腾的水里。

"胸有凌云志"，这句话的意思其实很简单，指的是你左胸第三块肋骨处，有一块飞云状的胎记。只有真正的李家人，才知道你有这块印记。不用说，那小丫鬟自然是专门派来验你正身的眼线。

当你洗去一身雨水和疲惫，换上干净舒适的新衣后，中年人微笑着推开门，向你鞠了一躬，把你引进一楼大厅。

宽敞的大厅，灯火通明，却只在上首坐着一位五十多岁的瘦削男人。他穿着华贵的真丝睡衣，脸色却被衬得愈加灰败。他的双眼布满血丝，迷瞪瞪的仿佛没有焦点。双颊深深凹陷下去，在长而瘦的脸上形成两个深谷。高高的鼻子尖得像一把刚磨好的小刀，嘴唇则完全被凌乱的茬须盖住了。他偶尔咳嗽一下，用苍白的手捂住嘴，大拇指上一块镶金的翡翠扳指吸引了你的目光，你估算了一下，价值约是租界一处地段上好的民居院子。

中年人示意你在下首处坐下。接着，刚才那名小丫鬟端着一碗鳝丝面捧到了你跟前。面倒不出奇，奇的是碗上印着"松月楼"三个字。在这雨夜，是怎么做到把城中名馆子的招牌面端到家里来的？人说三代看吃，李家在膳食上虽不追求山珍海味，但把"讲究"两个字发挥到了极致。

折腾了小半夜，你着实有些饿了，但身处这金碧辉煌的大厅内，四周静得只听到残雨落在地上的声音，你只觉分外不自在，竟连那双象牙筷似乎都拿不动。

"咳，咳。"

男人抬手轻轻捂住了嘴，还是有两声细碎的咳嗽从指间漏了出来。在旁侍立的中年人立刻把一柄特制的蟠龙头大烟枪递到他的右手边——这大概就是他如此形销骨立的原因。

男人渴求地把唇贴在烟嘴上，悠悠吸了口福寿膏，又深深吐出一口烟，便把自己笼罩在了一层朦胧的雾气中，看不清表情。

接着，从雾气中伸出一只鸟爪般又长又瘦的手，指着中年人，向你发问："你知不知道，他叫什么名字？"

从那中年人第一次隔着铁门与你说话，你就开始对他留心了。他穿得虽朴素，但府中下人无不唯他马首是瞻，此刻则毕恭毕敬地站在男人身边，任谁也猜得到他就是一府管家。

但男人问的，是他的"名字"，而不是他的"身份"。作为失散多年的二少爷，你该不该知道他的名字呢？

你想起了那首诗，心中有了答案。

互动4

A	知道。	进入9号剧情
B	不知道。	进入10号剧情

9号剧情

"知道！"你说，"他是管家老王！"

男人笑了，挥一挥烟枪，他身后的仆人们一拥而上，把你摁住了。

你只听见男人淡淡地说："这人可不是老王。当年老王最爱陪你玩，我可不信你不认得他。"

你还想分辩，可一张脸被死死摁在汤碗里，呛得几乎昏了过去……

游戏失败

再好好研究一下那首诗，也许你会有不同的答案。

10号剧情

"不知道。"你摇了摇头。

男人点点头："之前的管家老王因为失职丢了你，早就被撵走了，老何是我们后聘的管家，你当然不认识。"

他又指了指自己烟雾缭绕的脸："至于我是谁，你一定熟悉得很吧？"

你回答道：

互动5

A	熟悉。	进入11号剧情

B	不熟悉。	进入12号剧情

11号剧情

"我忘了谁，也不能忘了您啊！"你站起来，动情地说，"您是最疼爱我的爹爹呀！"

"哦？"男人说，"这么说来，你当年关于我的记忆，一点也没忘咯？"

你说："当然！父子情深，江流即使在外流浪多年，也绝不会忘记关于父亲的一点一滴！"

"是吗？可是……我对你可生疏得很！"男人的声音忽然变得

森寒，"给我把他轰出去！"

你想不到连这句话也会答错，刚想辩解，一群家丁就冲了进来……

游戏失败

再好好研究一下那首诗，也许你会有不同的答案。

12号剧情

"我……大概是不太熟悉的。"你低着头说。

男人做出一个惊讶的表情："我可是你的父亲，你却不记得了？"

你说："小时候，您常在外跑生意，我见您的次数并不多。十几年过去，真的没什么印象了。"

男人此刻才露出满意的神色，语调中也有了一丝暖意："先吃面。"

他，自然就是李府的老爷、你的父亲，李远。

你点点头，开始大口大口地吞咽，你确实饿坏了。

这时，李远站起身，冲管家老何使了个眼色，二人便一起走入偏房。

"老爷。"老何低声问，"这一位真是二少爷吗？"

"我不知道。"李远叹了口气，"十二年了……这十二年来，每年都有人声称有那孩子的消息，或者直接就说自己是他——骗去无数钱财倒也罢了，可怜全家人，已经很难再承受希望燃起旋又破灭的痛苦了。"

"可是这一位，有当年的信物。"老何说，"我试过了，两个玉佩合在一起，严丝合缝——是真的。"

"玉佩是死物，人才是活生生的信物。"李远问，"我让你找机会看看他的胸膛，看到了吗？"

老何立刻点头："小兰说了，确实有一块胎记，像一朵小小的云。"

李远略一点头："江流一出生，黄天师就说那块胎记是'平步青云，飞黄腾达'之兆，我心里忖度着，老爷子当年之所以最疼爱江流，不怎么稀罕海潮这个长孙，也跟这胎记不无关系。"

老何微微一笑："他能坐在这里吃面，也跟这胎记不无关系。"

李远说："关键就是在这里——他长得和江流确有几分相似。可这些年来，扮成江流的骗子还少吗？不过方才，我特地留意他吃面的模样，居然还保留着江流五岁时的一些小动作，这恐怕是比相貌更难仿冒的——说不准，老太爷日盼夜盼，真的把正主儿给盼来了。"

一提到老太爷，他随即吩咐老何："到老太爷处伺候着，要是他醒着，你就禀报，有个孩子说自己是江流，请他老人家鉴一鉴。要是没醒，那就算了，再早再说。"

老何领命而去，这时，大厅内有人通传："太太来了！"

李远闻声走进大厅，只见那里已站着一名如凌寒之梅般素艳的年轻女子。而你也从面碗里抬起头，注视着她。

此女身着一件石榴红暗花绸旗袍，而她的身材，恰好是最适合穿旗袍的那一型——玉颈修长，从精致的领口伸展出来；双肩圆润，将旗袍撑起美好的形状；纤腰如柳，腰腹处陡然收成优雅的弧线。

你呆呆地看着她，脸上闪过一丝惊愕。

李远捕捉到你的表情，问道："你认得她吗？"

你回答道：

互动6

A 认得。 进入13号剧情

多情客模式推荐选择 ▲

B 不认得。 进入14号剧情

局内人模式推荐选择 ▲

13号剧情

"认得。"你低下头，叹了口气，"原来竟是真的。"

"什么是真的？"李远问。

你说："我五岁那年，忽然不见了娘。仆人们只肯告诉我，娘是'回了老家'。后来，家里来了个好漂亮的姐姐，他们却不肯让我喊姐，非要我喊姨娘。我渐渐大了，回忆起这些往事，才依稀明白了些。只是直到今天，才敢相信，原来娘，是真的不在了。"

李远也叹了口气："你娘走得虽早，但好歹没像我这样，受了十二年的罪。她叫林霜梅，是我续的弦，当年虽是姨太太，现在已是正室，你得喊一声'母亲'了。"

你心中一动，知道他已认了你这个儿子。

接着，李远又问："你……这些年过得如何？"

进入15号剧情 →

好感度+1

14号剧情

"不认得。"你摇摇头,"他们喊她太太……可我的母亲……不是已经去世了吗?"

李远叹了口气:"不错,当年一场大病,要了你母亲性命。后来我续了弦,娶了个名叫林霜梅的女子,就是她。你当时还小,许是不记得了。现在,她已是正室,你得叫一声'母亲'。"

你心中一动,知道他已认了你这个儿子。

接着,李远又问:"你……这些年过得如何?"

进入15号剧情 →

15号剧情

你的表情有些惨然,说自己当初被人贩子拐走,卖到北方一户人家,起初被看得很紧,后来渐渐大了,那户人家见你再也不提前事,以为你忘了,也就放松了警惕。你又待了几年,攒够回府的路费后,趁着进城赶庙会的机会跑了。之后,你横跨半个国家,不知吃了多少苦头,才一路颠沛过来。

林霜梅一直没有说话,只是在听你说到自己被人贩子虐待、被养父母欺凌、在流浪路上挨饿受冻时,会几不可闻地轻轻叹息一声。

你趁机暗暗瞥了她数眼,觉得她倒没有一般老少配里年轻太太烟视媚行的做派。那清冷的气质，反而更像是书香人家的小姐。但不管怎么清冷，都掩不住那股子天生的妩媚。

你猛然一惊——自己在胡思乱想些什么？

这时，老何弯着腰进来了。

李远问："老太爷醒了没？"

老何答："小的还没到门口，他老人家就问我什么事。向他禀明之后，就急命我过来请少……孩子给他看看。"

李远点点头，你便站起来，心怀忐忑地跟着老何去了。

老何毕恭毕敬地引着你走向后宅，而你的心思，还留在刚才的大厅里。

"舐犊情未深"，这句诗似乎在暗示，你跟父亲之间并没有什么父子亲情？可你那时只是个五岁的孩子，父亲有什么理由不疼爱你呢？但愿只是因为他当年忙于商务，无暇顾及你罢了。

但刚才那番交谈，他只顾着试探你，即使暂且相信你的身份，也没表现出找到失散多年的爱子的激动与宽慰。你只觉得这位父亲的感情极为淡薄，仿佛大烟已经吸走了他的大半灵魂。

还有你的后母林霜梅，她深夜前来，自然是想见一见你这个继子。看她的神色，似乎还像是有话要说，只是被老太爷的指令打断了。她究竟想说什么？对自己是善意还是恶意呢？

你皱了皱眉，希望接下来能遇到热情一点的对待。

"Stop！给我站着！"

一个跋扈的声音在身后响起。

老何原本谄媚的笑僵住，犹犹豫豫地转过身来："大少爷，这位是……"

"我知道这是个什么东西，你给我滚开！"声音很不耐烦，还夹杂着几句外文。

"这这这……"老何为难地搓着手。

"这个屁！现在不滚，明早就给我直接卷铺盖滚回老家去！"大少爷的声音陡然变大了。

"是是是……"老何愁眉苦脸、一步三回头地走了。

你回过头，只见身后立着一个高壮青年。这人打扮可以说是不伦不类，里面套的是旧式的长衫马褂，外面却披着一件笔挺的西装。他的脑袋梳着时下极兴的"三七分"小开头，左腕还戴着一支洋表，俗称"金劳"。脸上弥漫八分跋扈、两分酒色过度的颓气，身后则跟着几个九分痞气的小厮。老何叫他"大少爷"，看来就是李府长孙、你的哥哥李海潮了。

李海潮满身酒气，昂首睨视你："听说又来了个冒充老二的。就是你？"

你轻轻摇头："我不是冒充的。"

"我说是你就是。"李海潮浅浅的眉毛竖了起来，"Don't argue with me."

"你说是，没用。"你淡淡地说。

"Shit！你才没用！Loser！"李海潮一声令下，小厮们把你给架住了，"说，你是不是冒牌货！"

你动弹不得，说：

互动1

| A | 好汉不吃眼前亏，先认个屁。 | 进入16号剧情 |

| B | 我不是冒牌货！ | 进入17号剧情 |

局内人&多情客模式推荐选择 ▲

16号剧情

"我是，我就是！"一看对方人多势众，你赶紧求饶，"大少爷，把我给放了吧！"

李海潮脸上掠过一丝冷笑："放了你？No no no，你这么cute，总得赏你点什么……你们把他架好！"

你还没反应过来，脸已经被人硬生生向前推，接着，眼前金光一闪，左边脸颊被一个小小的硬物击中。

你眼冒金星，过了好一阵子才看清李海潮捏着拳头站在你面前。他右手中指上，一枚大金戒指闪着红光。

"不要……不要……求你了……"你含糊不清地说。

但他仍一步步向你走来。

"海潮，够了。"一个清冷的声音响起。

进入18号剧情 →

17号剧情

"我不是冒牌货！"你努力把身板挺得笔直。

"还嘴硬！"李海潮的瞳孔瞬间紧缩，然后猛冲向前，照着你的左脸就是一拳。

这一拳极重，你感觉左边脸颊被一个小小的硬物击中。

李海潮捏着拳头站在你面前。他右手中指上，一枚大金戒指闪着红光。

你紧盯他，重重吐出一口血水："我不是！"

李海潮脸上暴戾之气更重，再一次扬起拳头："小子，老太爷你今晚是见不到了，给我去见阎王爷吧！Drop dead！"

"海潮，够了。"一个清冷的声音响起。

进入18号剧情 →

好感度+1　　能力值+1

18号剧情

李海潮先在脸上露出鄙夷的神情，然后才回过头来，冷笑着说："怎么，你这是在管我？母亲大人？"这个称呼，他是一个字一个字从嘴里蹦出来的，极近嘲讽。

阴影中，移出林霜梅清丽的脸："老太爷在等。"

李海潮不屑地指着你："就为了这么个冒牌货？This faker？"

"这是你第三次说这个词了，事不过三。"林霜梅平静地说，"你爹已经承认了，老太爷那边，我相信他也能过关。你，就不要多事了。"

李海潮的脸色沉了下去，过了好一会儿，才说："这是我最后一次卖你人情了——亲爱的母亲！"

他一个手势，几个小厮立刻跟着他走了。

林霜梅再不看他一眼，翩然来到你跟前，清亮的眸子看着你，问道："你没事吧。"

"没事，谢谢您，母……"不知为什么，你就是不愿意叫她一声"母亲"。

林霜梅自腰间抽出一方香帕，蹲下身子，轻轻在你脸上擦拭："我本就是侧室出身，虽然扶了正，倒也不敢承你称一声母亲。但李府规矩大，有些礼数，还是少不得的。你现在许是不记得了，但……你小时候喜欢叫我姐。现在，你私下里，还可以这么叫。"

你张开了嘴，说……

互动8

| **A 姐。** | 进入19号剧情 |

多情客模式推荐选择 ▲

| **B 母亲大人。** | 进入20号剧情 |

局内人模式推荐选择 ▲

19号剧情

"姐。"你嗫嚅着开了口，脸先红了。

林霜梅淡淡一笑，继续擦你嘴角的血污。

"我自己来，姐。"你赶紧说，要去拿那块香帕，却不小心握住了她的手。

你的心，一下子跳得飞快。

林霜梅表情不变，玉指从你掌心轻轻抽出，说道："老太爷近两年精神不太好，快过去吧，别让他等太久。"

"是。"你低着头说，瞥见她近在咫尺的脸，慌得移开了眼光，急急忙忙向前走去。没几步，又被她叫住。

你回头，只见她目光闪动，欲言又止，终于说："我娘家祖上在清朝是做过官的。谈不上玉堂金马，总算是书香门第。十四岁嫁到你家做姨太，倒也不是自轻自贱，实在是家道中落……"话说到这里，她又笑了，"唉，跟你说这些做什么。"

她摇了摇头，盈盈转身离去。

这是你第一次见她笑，却没有发现，这笑容里有哪怕一丝快乐的味道。

只是这笑容……

真的好美啊。

进入21号剧情 →

好感度+1

★ 获得物品 ★

林霜梅帮你擦拭伤口时用的锦帕，上面绣着一枝傲霜寒梅，散发着淡淡香气。除此之外，还绣着一首诗："墙角数枝梅，凌寒独自开。遥知不是雪，为有暗香来。"

一方手帕

此处触发1号蝴蝶效应，并获得1号蝴蝶效应剧情卡——【为有暗香来】。

当接下来的剧情中出现"为有暗香来"这句话时，你可以打开"绝知春意好"剧情书，进入1号红色剧情，并有一定概率在接下来的特定事件中开启"多情客"故事线。

特别提示：【蝴蝶效应机制】——在本游戏中，你无意间的一个举动，可能将决定人物最终的命运。注意，只有在进入特定剧情后，才能得到相应的蝴蝶效应提示，解锁后续剧情。如果没有取得提示，则无法进入对应剧情，只能按照文本顺序继续阅读。

延伸阅读："一只南美洲亚马孙河流域热带雨林中的蝴蝶，扇动一下翅膀，就可能在数周后引起万里之外的一场龙卷风。"其原因就是蝴蝶扇动翅膀的运动，导致其身边的空气系统发生变化，并产生微弱的气流，而微弱的气流的产生又会引起四周空气或其他系统产生相应的变化，由此引起一个连锁反应，最终导致其他系统发生极大变化。这就是蝴蝶效应。

20号剧情

"母亲大人。"你低声说，把脸扭了过去。

林霜梅默然，站起身来，对那染了浊红的香帕倒也不嫌弃，就这么攥在手上："老太爷近两年精神不太好，快过去吧，别让他等太久。"

"是。"你一直低着头，瞥见她近在咫尺的脸，慌得移开了眼光，急急忙忙向前走去。没几步，又被她叫住。

你回头，只见她目光闪动，欲言又止，终于说："我娘家祖上在清朝，是做过官的。谈不上玉堂金马，总算是书香门第。十四岁嫁到你家做姨太，倒也不是自轻自贱，实在是家道中落……"话说到这里，她又笑了，"唉，跟你说这些做什么。"

她摇了摇头，盈盈转身离去。

这是你第一次见她笑，却没有发现，这笑容里有哪怕一丝快乐的味道。

只是这笑容……

真的好美啊。

进入21号剧情 ➔

能力值+1

21号剧情

林霜梅走后,你半坐在地上休息,片刻才缓过劲来。刚准备起身,手却碰到一个物件。

你好奇地看过去,只见角落处掉了个叠得方方正正的油纸包。它似乎是刚刚被人落下的,因此并没有被地上的积水玷污。

你看四下无人……

互动9

A 你将油纸包偷偷捡了起来。		**进入22号剧情**

局内人&多情客模式推荐选择 ▲

B 你选择忽视它。		**进入23号剧情**

提示:本次互动包含关键线索,请慎重选择!

22号剧情

你见这油纸包掉得蹊跷,趁着四下无人,便偷偷将它捡了起来。

·获得物品·

油纸包

你刚刚藏好油纸包，老何就不知从什么地方又冒了出来，继续为你引路。

**此处触发2号蝴蝶效应，
并获得2号蝴蝶效应剧情卡——【油纸包的秘密】。**

当接下来的剧情中出现"油纸包的秘密"这句话时，你可以打开"月满大江流"剧情书，进入1号蓝色剧情，并有一定概率在接下来的特定事件中开启"局内人"故事线。

你跟在老何身后，看着他的背影，觉得这座宅子里每一个人都不简单。就以这管家来说吧，知道什么时候该出现，什么时候不该出现。李海潮为难你的时候，他大概就在旁边看着，一旦局势失控，他必将火速回报主人。

也许……并不会回报？

进入24号剧情 →

23号剧情

你觉得自己初来乍到，没必要沾惹不必要的麻烦，于是假装没发现它，自己站了起来。

老何不知从什么地方又冒了出来，继续为你引路。

你跟在老何身后，看着他的背影，觉得这座宅子里每一个人都不简单。就以这管家来说吧，知道什么时候该出现，什么时候不该出现。李海潮为难你的时候，他大概就在旁边看着，一旦局势失控，他必将火速回报主人。

也许……并不会回报？

进入24号剧情 →

孝悌不孝

CHAPTER TWO

老何引着你往更深、更静处去，最终来到李府东边一幢小屋前。

这幢小屋简朴矮窄，但你知道，里面住着的，是李家威权最重的人。

你轻轻踏前几步，刚准备叩门，那扇木门却已"吱呀"一声开了。门内那人身材高大、金发碧眼、皮肤纯白，脸上的五官仿佛刀削般立体——竟是个洋人！

虽然如今的申滩算得上是国际大都市，但在腐朽气息颇重的李府出现一个洋人，还是令你惊讶得退了半步。

老何忙解释道："这是老太爷的私人大夫，冯博士。冯博士是D国人。"

你点点头，留心地看了那洋人几眼。他穿着一身纯黑色的绅士服，胸前别着一枚金灿灿的徽章。与你想象中的白大褂洋医生很不一样，更像是个外国大使。

洋人热情地向你伸出手来，一开口，竟是地道的某省方言："恁好，叫俺为宪呗！"

"为宪？"你一愣。这倒像是个本国名字。

冯博士点点头："文武吉甫，万邦为宪。这是贵国《诗经》里的句子啊。"

你更加惊讶，这洋鬼子竟是个本国通！

看到你脸上的表情，冯博士笑了笑："俺来申滩前，曾在外省待过几年。"说完，就亲热地牵着你的手进了屋子。

屋子里比从外面看上去更加狭小阴暗，空气里弥漫着因常年不通风不透光而形成的类似发霉的闷臭味。与其说是个小屋，倒更像是处陵墓。

房间只有三进，一进门就是中间那进。这里靠墙放着一张茶几、两张椅子，应该是会客用的，但已经积下厚厚一层灰尘。

这时，冯博士抬手打开了左边房间的小门。

一瞬间，一股比恶臭味浓烈百倍的古怪气味就飘了出来！你立刻捂住了口鼻。

这是什么味道？你只觉是腐肉的臭味、死鱼的腥味、中药的苦味、西药的涩味还有野兽的腥膻味等混杂在了一起，简直臭不可闻，你差点把刚才吃的那碗鳝丝面都吐了出来。

但你还是强压下不适，忍着恶臭随冯博士进入里屋。

这里的布置更加简单，只放了一张大床、一套桌椅。

冯博士来到大床边，俯下身子，柔声说："老太爷，孩子来了，长得忒俊！"

"呃……啊……"床上传出一个沙哑的颤声。你脑中冒出一个大不敬的想法——只有临死的人，才会发出这种可怖的声音。

冯博士则冲你笑着说："愣着干啥？老太爷喊你过来哩！"

你局促不安地来到床前，只看了一眼，就蓦然变色！

锦绣床褥里竟躺着一具骷髅！

你几乎要惊叫出声，再仔细一看，发现那竟还是个活人，只是已经瘦成了皮包骨。他的两个眼睛睁得很大，但眼眶里是一片漆黑，显然已经不能视物了。他整个人是赤裸的，胸口、腹部和后背插着几根钢管子，与末边一个方方正正的铁箱子连在了一起。

你难以想象，眼前这具老朽的躯壳，就是当年叱咤商场的巨鳄、你的祖父——李京霆。

你的眼睛一下子红了："爷，爷爷……您怎么变成这副模样了！"

老人口中"啊啊"乱叫，喊着无意义的字句，冯博士插口道："老太爷说，这事就不提了，只要你回来就好。"

这时，老人从被褥里伸出竹竿般的手，不住指着床边的桌子。

"你在远老爷那耽搁了这么久，一定饿了。"冯博士掀开桌子上的餐布，露出一份精致丰盛的西餐，"先吃几口。"

　　你抹了把眼泪："爷爷，在爹那儿，江流已经吃……"

　　冯博士暗暗拽了一下你的衣角，低声说："老太爷特意让德大西餐厅送来的，牛排忒嫩！好歹吃点，别拂了他一片心意！"

　　你只有坐下，在冯博士的指导下用起刀叉吃了一些。这洋人很是殷勤，一会儿帮你切牛排，一会儿把葡萄酒添在杯里。

　　老人静静听着你用餐，等到刀叉碰撞瓷盘的声音小了，才张开口，又"啊啊"了两声。

　　"问你吃饱了没有。"冯博士翻译道。

　　你点点头："吃饱了。"

　　于是老人又伸出干枯的手，冲你招了招。

　　你听话地放下刀叉，来到他跟前。

　　老人喘着粗气，用冰冷的手在你脸上、身上抚摸着，同时发出满意的喃喃声。探索你的耳鼻口眼时，他碰到你嘴角的新伤口，微微一顿，吐出一个带着疑问的含混语音。

　　不用冯博士翻译，你也知道，他是问你怎么伤着了。

　　你回答说：

互动10

A	有人打我。	进入25号剧情

B	是意外。	进入26号剧情

局内人模式推荐选择 ▲

25号剧情

"是李海潮打我！"你愤愤不平地说，"爷爷，你得替江流做主啊！"

老人叹了一口气，却并没有说什么。

冯博士顺势说了一句："海潮这小熊孩儿，这几年可爱闹腾，远老爷都管不住哇！这会子突然冒出个你来，当然要出口邪火儿。看在你爷爷面上，你莫要睬他。"

老人轻轻点头，似乎是赞同冯博士说的话。接着，他把手吃力地伸到你的胸前……

进入27号剧情 ➤

26号剧情

"来时路上不小心，磕的。"你撒了个谎。老人沉默良久，似乎明白了什么，叹了一口气。

冯博士顺势说了一句："海潮这小熊孩儿，这几年可爱闹腾，远老爷都管不住哇！这会子突然冒出个你来，当然要出口邪火儿。看在你爷爷面上，你莫要睬他。"

老人轻轻点头，似乎是赞同冯博士说的话。接着，他把手吃力地伸到你的胸前……

进入27号剧情 ➤

能力值+1

你知道他找的是胸前那块胎记，于是解开扣子，将它展示出来。

冯博士也饶有兴致地看着："哦，这就是传说中平步青云、飞黄腾达的吉兆？"

你看了看他："先生也曾听说？"

冯博士点点头："为你算这卦的米斯特黄，精通风水堪舆。我跟着他，甚至还到古墓里摸过金哩！"

说完这句，他忽然闭住了嘴，脸上浮现出一丝既害怕又迷惘，既不敢回忆却又还有点兴奋的神情，然后又恢复正常："米斯特黄曾说过，你这朵云，遇风渡劫，幼时会有个大劫难。过得去，就是大富大贵、叱咤风云之命！过不去，遇风就散了……李老太爷呢，则是前半生金戈铁马，气吞万里如虎，后半生却是子丧孙死，注定孤独终老，最后只能留下一滴血脉……"

"一滴……"你悚然一惊，看着老人抓在你胸前的枯手，不知自己会不会是那唯一。突然，那冰凉的手像烙铁般灼烧起来，把你的心都烫得狂跳，呼吸也如风箱鼓动似的急促。更可怕的是，你的脸上、身上都诡异地冒起了点点凸起的红斑。

"江流，江流？"冯博士的声音仿佛从极远处传来。

你想答他，张嘴却说不出话来，四肢也动弹不得。

是中毒了？

很快，你的身体已经完全麻木了，但脑子却是从未有过的清明。就像一枚精密的西洋怀表，每一条神经都好似咬合紧密的齿轮，在头颅里有条不紊地运作着。

毫无疑问，若真有人下毒，凶手必是在这宅子里下的手，因为今晚之前，你只是个穷困潦倒的无名小子。从踏入这大宅门的一刻起，你才有希望作为玩家上场，去竞逐名分与财产。

而此刻，是毒死你最后也是最好的时机。现在你仍是一个身份未明的人，就算死了，也没什么大不了。可若等李家承认了你再出事，那就是惊动巡捕房的大案了。

到底是谁下的毒？

你感觉呼吸越来越急促，索性闭上眼，把全部精力都集中在思考上。

今晚发生的一切在你眼前重现。

你首先想起的，是管家老何为你准备的洗澡水。你听说，有些毒物可以通过皮肤的毛孔，进入人的四肢百骸。

你接着想起父亲李远赏你的那碗鳝丝面。在食物里下毒，是再容易不过的事情了。

你还怀疑李海潮手上那枚血淋淋的金戒指。你的嘴里，到现在还有一股奇怪的金属味儿。

但林霜梅就没有嫌疑吗？她为你擦血迹的锦帕上有一股特别的香气，也许就是一种特别的毒药呢？

"啊，沙……沙……"老人含混的语句也飘了过来，应该是在询问冯博士你的情况。

你伏在地上，呼吸从急促变成几乎完全停止。忽然，一丝舒爽的凉意慢慢沁入左臂，缓缓流到心脏，最后扩散到了全身。

又能呼吸了。

你使劲晃了晃脑袋，眼前终于清晰起来。你看到冯博士正对自己和善地笑着，同时把一个小小的针管从你的左臂拔出。

这是怎么了？

你摸着手臂上的针孔，刚准备问话，冯博士却做了个"嘘"的表情，示意你不必让老人担心。

而老人焦急的声音，还在响着。

你连忙应了老人的呼喊……

互动11

A	管家老何这奴才！	进入28号剧情
B	害我的竟是爹爹！	进入29号剧情
C	大哥终究不肯放过我！	进入30号剧情
D	最毒妇人心，是林霜梅！	进入31号剧情
E	……我没事。	进入32号剧情

28号剧情

"管家老何这奴才！"你大声说，"一定是他在洗澡水里下了毒！"

老人的喉咙动了一下，向你的方向伸出手来。

你连忙爬到他床边。老人干瘦湿冷的手指抚过你脸上、身上的红斑，却没做出下一步的表示。

冯博士则在一旁爽朗笑道："没什么！你就是受了凉，打一针就好了！"

老人点了点头，竟似是表示认可，然后仿佛很疲倦般，闭上了眼睛。

你一愣，为什么爷爷对这么严重的事竟没有一丝愤怒？

冯博士则不再给你说话的机会，站起身来，将你送出了门。

老何早就候在门口，此时便将你迎去了卧室。一路上，你不敢看老何，他却仿佛什么事都没发生，还是笑得那样谄媚。

躺在真丝被里，你一夜未眠。总觉得这个家，跟你想的很不一样。你觉得自己好像哪里做错了，又不知道错在哪里。

次日早上，用人发现你躺在床上，已经死了多时。就像你说的，一个还没被李家承认的人，就算死了，也没什么大不了，巡捕房并不关心你的身份、死因。

最后，李家照着普通奴仆的规格，赏了口薄棺材，就把你草草埋葬了事。

游戏失败

深宅之中，波谲云诡。一念之差，满盘皆输。
在没有十足把握之前，要留心你见到的每一个暗示。

29号剧情

"竟然是爹爹罔顾血肉亲情！"你大声说，"在那碗面里下了毒！"

老人的喉咙动了一下，向你的方向伸出手来。

你连忙爬到他床边。老人干瘦湿冷的手指抚过你脸上、身上的红斑，却没做出下一步的表示。

冯博士则在一旁爽朗笑道："没什么！你就是受了凉，打一针就好了！"

老人点了点头，竟似是表示认可，然后仿佛很疲倦般，闭上了眼睛。

你一愣，为什么爷爷对这么严重的事竟没有一丝愤怒？

冯博士则不再给你说话的机会，站起身来，将你送出了门。

老何早就候在门口，此时便将你迎去了卧室。

躺在真丝被里，你一夜未眠。总觉得这个家，跟你想的很不一样。你觉得自己好像哪里做错了，又不知道错在哪里。

次日早上，用人发现你躺在床上，已经死了多时。就像你说的，一个还没被李家承认的人，就算死了，也没什么大不了，巡捕房并不关心你的身份、死因。

最后，李家照着普通奴仆的规格，赏了口薄棺材，就把你草草埋葬了事。

游戏失败

深宅之中，波谲云诡。一念之差，满盘皆输。
在没有十足把握之前，要留心你见到的每一个暗示。

"大哥终究不肯放过我!"你大声说,"他刚才打我是假,用喂了毒的金戒指害我才是真!"

老人的喉咙动了一下,向你的方向伸出手来。

你连忙爬到他床边。老人干瘦湿冷的手指抚过你脸上、身上的红斑,却没做出下一步的表示。

冯博士则在一旁爽朗笑道:"没什么!你就是受了凉,打一针就好了!"

老人点了点头,竟似是表示认可,然后仿佛很疲倦般,闭上了眼睛。

你一愣:为什么爷爷对这么严重的事竟没有一丝愤怒?

冯博士则不再给你说话的机会,站起身来,将你送出了门。

老何早就候在门口,此时便将你迎去了卧室。

躺在真丝被里,你一夜未眠。总觉得这个家,跟你想的很不一样。你觉得自己好像哪里做错了,又不知道错在哪里。

次日早上,用人发现你躺在床上,已经死了多时。就像你说的,一个还没被李家承认的人,就算死了,也没什么大不了,巡捕房并不关心你的身份、死因。

最后,李家照着普通奴仆的规格,赏了口薄棺材,就把你草草埋葬了事。

游戏失败

深宅之中,波谲云诡。一念之差,满盘皆输。
在没有十足把握之前,要留心你见到的每一个暗示。

"最毒妇人心，是林霜梅想害我！"你大声说，把她装好心用锦帕给你下毒的事原原本本说了出来。

老人的喉咙动了一下，向你的方向伸出手来。

你连忙爬到他床边。老人干瘦湿冷的手指抚过你脸上、身上的红斑，却没做出下一步的表示。

冯博士则在一旁爽朗笑道："没什么！你就是受了凉，打一针就好了！"

老人点了点头，竟似是表示认可，然后仿佛很疲倦般，闭上了眼睛。

你一愣，为什么爷爷对这么严重的事竟没有一丝愤怒？

冯博士则不再给你说话的机会，站起身来，将你送出了门。

老何早就候在门口，此时便将你迎去了卧室。

躺在真丝被里，你一夜未眠。总觉得这个家，跟你想的很不一样。你觉得自己好像哪里做错了，又不知道错在哪里。

次日早上，用人发现你躺在床上，已经死了多时。就像你说的，一个还没被李家承认的人，就算死了，也没什么大不了，巡捕房并不关心你的身份、死因。

最后，李家照着普通奴仆的规格，赏了口薄棺材，就把你草草埋葬了事。

游戏失败

深宅之中，波谲云诡。一念之差，满盘皆输。
在没有十足把握之前，要留心你见到的每一个暗示。

"爷爷，我没事……可能是刚才在外面淋了点雨，这会子有些不舒服。"你勉强说。

老人的喉咙动了一下，向你的方向伸出手来。

你连忙爬到他床边。老人干瘦湿冷的手指抚过你脸上、身上的红斑，却没什么特别的表情。然后，他的右手轻轻碰了碰床边的银铃，立刻有下人应声进来。

老人低语几句，冯博士认真听着，然后说："老太爷吩咐，快把二少爷扶起来，给他调杯蜂蜜水喝喝。"

这些个人精听到"二少爷"三个字，哪还不晓得老太爷已经承认了你，连忙轻手轻脚将你搀到椅子上。眨眼工夫，就有人捧了一杯温蜜水送来。

说来也怪，歇了一会儿后，那些异状竟都慢慢消失了。

冯博士在一旁笑眯眯地打量着你："老太爷常说，儿孙里面，就数你最像他。你看墙上那幅画儿，是他年轻的时候——是不是跟你一模一样！"

你抬眼望去，只见白壁之上，挂着一幅中式肖像画，却又糅杂了些西洋油画的技巧，因此将一个作清代文士打扮的青年勾勒得分外传神。

老人也在床上应和了几声。

"是吗，老太爷？"冯博士笑了，又对你说，"老太爷讲，你小时候，他请来照相馆的人拍过全家福？"

你点头："记得当时哥哥吓唬我，说洋鬼子的相机能摄人魂魄，吓得我到了那儿就哇哇直哭，把爷爷气得直吹胡子。"

老人喉咙里跳出几个笑音。

"好嘞！"冯博士说，"老太爷说呀，如今你回来了，啥时候等他略好了，让照相馆派人来，你们一家人再照一张全家福！"

你赶紧说："那爷爷您得赶紧把身子养好呀！孙儿还想多伺候您几十年呢！"

老人含笑点了点头，忽然，他整个人如一床烂棉被子被绷直了一般，头和四肢都僵硬而怪异地抖动着！他的眼眶瞪得更大，几乎占据了小半张枯脸。冷汗、泪水、鼻涕、口涎，难以控制地流淌而出，糊得脸上到处都是。

"爷爷！您怎么了！"你抱住他，却发现他身子一半冰冷，另外半边却是滚烫的！

冯博士以百米冲刺的速度冲了出去，回来时捧着一个托盘。上面并不是常见的白色药丸，而是一堆五颜六色的药剂。他把这些药剂按照特定的次序放进床边的铁箱子里，并按下箱子外侧的几个按钮。不一会儿，箱子发出"嗡嗡"的声音，接着，几股难闻的药液就通过钢管子流进了老人的身体里。

慢慢地，老人的身体安静下来，脸上也露出一丝轻松。但随即，他的痛苦之色更甚，抖动得更加剧烈！原本已经萎缩的身子，看上去又小了一圈！

"是不是用错了药？"你焦急地问。

"别瞎寻思，马上就好啦！"冯博士出言宽慰你。

然而，老人的痛苦却持续了很久。他仿佛是一条蜕皮时的大蛇，在厚厚的被窝里钻来钻去，一会儿发出野猫般的尖细叫声，一会儿又变成怪兽的沉闷嘶吼。

到最后，他涕泪横流，哭叫起来——说来也怪，这次他喊的不再是不明意义的单音词，而是流利的话语："冯博士！为宪！杀了我吧！这样的日子我再也过不下去了！太痛了！太苦了！"

冯博士只是安慰他："你马上就好了，连孩子都回来了，还有啥好怕的？"

老人又惨叫了半天，忽然，一把拉住你的手，急问："孩子！玉佩！你那块玉佩呢！"

　　"在这里！"你赶紧从怀里掏出玉佩，放在了他手上。

　　老人干瘪的手紧紧抓着圆润的玉佩，拇指不停在上面摩挲，把刻着的两行小字念了出来："江流天地外，山色有无中……嘿嘿，我要跳出三界外，不在五行中！"

　　他癫狂的笑声回荡在屋子里，冯博士则俯下高大的身子，在你耳边轻声说："老太爷魇住啦，你先回吧。"

　　"可我的玉佩……"你有些着急，这可是证明你身份的关键证据。

　　冯博士"扑哧"一声笑了出来："你吧，彪乎乎的，老太爷都认了你，还要玉佩做什么呢？"

　　你一听，倒也有道理，于是向老人道别后，就站起身来。

　　但老人没有理你，他瞪着一双眼睛，已经进入神游状态，连嘴角都噙着一丝古怪的笑意……

进入33号剧情 >

※失去物品※

整块玉佩

049

你跟着冯博士向门口走去，忽然瞥见刚刚还紧紧关着的右边房间，此时小门开了一半。看来，刚才冯博士就是冲到这里面拿的药。一念及此，你不由得探头看了一眼。

只见里面一片凌乱，似乎只是一个杂物间。中间放了一张大桌子，上面摆满了各种西洋款式的瓶瓶罐罐。房间西面一个角落，摆放着一个神龛，那里倒是一尘不染，可既没有烧香，也没有燃烛，只是在两边挂着白底黑字的对联："仙人抚我顶，结发受长生。"神龛小桌上，摆着一碗已经凝固的血，还有一盘灰白色的黏稠物体。

你有些好奇，不知是什么左道的神仙会喜欢享用这种奇怪的祭品。但屋内实在太过昏暗，你只能看出神龛红纱帐后面的雕像不似人形，只是一坨臃肿绵软的怪异造型。

这时，冯博士注意到你的视线，高大的身子若有意似无意地挡住小门，把你迎了出去。

你有些尴尬，于是找话题问道："冯博士，我爷爷到底得了什么病？为什么服药后……会那么痛苦？"

冯博士笑着张大嘴，露出一口尖利的白牙："没什么！我们西医就这样，治起来埋汰，好起来快！"

他这话说了等于没说，你也只好向他道别，接着被早候在门口的老何迎去了卧室。

蝴蝶效应:油纸包的秘密

躺在真丝被里，你一夜未眠。总觉得这个家，跟你想象的好像有些不一样。

你的脑子里盘旋着这些问题……

互动12

A 究竟是谁要下毒害我？

a 管家老何
进入34号剧情

b 李远
进入35号剧情

c 李海潮
进入36号剧情

d 林霜梅
进入37号剧情
多情客模式推荐选择

e 李老太爷
进入38号剧情

f D国人冯为宪
进入39号剧情
局内人模式推荐选择

B 你决定不想这些，早睡早起。
进入42号剧情

提示：本次互动为信息整理局，可重复多次选择，其中某些选项隐含关键剧情，请注意收集线索。不管你处于哪种游戏模式，都建议将所有选项逐个选择一番！

34号剧情

会是管家老何吗？

他只是一个下人而已，你的死，不会对他带来任何好处。只会……给他背后的主子带来好处。

你以后只要留心观察，他究竟效忠于宅子里的哪个人，就知道谁想害你了。

- 现在你可以选择跳回33号剧情的互动12继续思考 ↗
- 也可以直接睡觉进入42号剧情 ↗

35号剧情

会是你的父亲李远吗？

按理说，虎毒不食子，你毕竟是他失散多年的儿子，他有什么理由对你下毒呢？

但你也觉得，你这个爹，对你的到来似乎并不是那么开心。"舐犊情未深"，那句诗说得可没错，豪门深宅里，亲情是极淡薄的，何况你已流落在外十二年。谁也没法保证，他不会选择保长子，牺牲掉你这个真假未明的次子。

- 现在你可以选择跳回33号剧情的互动12继续思考 ↗
- 也可以直接睡觉进入42号剧情 ↗

36号剧情

会是你的兄长李海潮吗？

毫无疑问，他的嫌疑最大。毕竟你的出现，彻底毁掉了他的唯一继承权。但是，亲眼看到他打你的人可不少，他再嚣张，也不至于蠢到自己下毒手，把所有的嫌疑都揽到身上吧？

如果真是他干的，事情倒好办了，竞争对手是个蠢货，你的继承之路又少了一个障碍。

- 现在你可以选择跳回33号剧情的互动12继续思考 ➣
- 也可以直接睡觉进入42号剧情 ➣

37号剧情

会是你的继母林霜梅吗？

但杀人，是要讲动机的，这种大富之家尤其如此。她下毒害你，有什么好处？据你的了解，林霜梅并无子嗣，即使李海潮和你都死了，万贯家财也轮不到她。

但小心驶得万年船，对这美丽而神秘的女性，你决定还是要保持戒心。

蝴蝶效应：为有暗香来

- 你可以选择跳回33号剧情的互动12继续思考 ➣
- 也可以直接睡觉进入42号剧情 ➣

会是你的爷爷、李老太爷李惊霆吗?

不可能。

整个李家,最希望你活着的就是他。毕竟,你是李家香火永存、平步青云的那朵"云"啊!

但是,李老太爷也有些古怪之处。从你进入小屋起,他就对你展现了长辈对孙辈最大的关爱,但当你疑似中毒时,他却显得有些漠不关心,仿佛他对那块玉佩的重视,都远远超过了对你的在乎。

莫非……他并没有想象中那么在乎你?

这个想法令你不寒而栗。同时你也认识到,自己在李家的地位,尚未真正巩固。

- 你可以选择跳回33号剧情的互动12继续思考 ⇗
- 也可以直接睡觉进入42号剧情 ⇗

会是那个D国人冯为宪吗？

如果是他，那他为什么又会给你打针救你呢？

如果不是他，那他为什么要做手势，希望你不要告诉老太爷呢？

无论如何，有一点你是确定的：这个神秘的D国人绝非单独行事，他的背后一定有人在操纵，不是李老太爷，就是李府的另一个人……

说起来，这个冯为宪，也有几分奇怪之处。

互动13

A	他胸口别着的那枚金色徽章有什么特别之处?他为什么说着一口外省话？	进入40号剧情
B	他给李老太爷用的什么药？	进入41号剧情
C	我觉得没什么好奇怪的,还是睡觉吧。	进入42号剧情

40号剧情

你回忆起来，冯博士胸前的金色徽章，是一只展翅雄鹰抓着一个奇怪的符号。它有什么特殊含义吗？

之前你流落江湖时，曾经机缘巧合下认识了一个外国人。他叫艾伯，来自某个最聪明的民族，几年前从D国来到申滩。一般洋鬼子都很阔气，在国人面前趾高气扬。他却穷得很，相对的，对国人就和气得多。而两个穷人之间，是很容易产生珍贵的友谊的。

也许，他会知道那枚老鹰徽章的来历？顺便解释一下为什么冯博士会一口外省话？

此处触发3号蝴蝶效应，解锁支线人物艾伯，并获得3号蝴蝶效应剧情卡——【寄居者】。

当接下来的剧情中出现"寄居者"这三个字时，你可以打开"月满大江流"剧情书，进入3号蓝色剧情。

- 你现在可以选择跳回39号剧情的互动13继续思考 ⇥
- 也可以直接睡觉进入42号剧情 ⇥

41号剧情

你早就听说，西洋人的医术是很厉害的。冯博士给老太爷用的什么药，你自己也不是很清楚，但你明白一个道理：能制出救人的灵药的人，也能炼出杀人的毒药。接着，你不由得想到小屋里那个既像药房又有神龛的古怪房间，心中疑窦更深。那里供奉的究竟是何方神圣？为什么你现在回忆起来，都有一种头皮发麻的感觉呢？

这究竟是冯博士个人的信仰，还是他拉着李老太爷一起供奉？

- 你可以选择跳回39号剧情的互动13继续思考 ⇥
- 也可以直接睡觉进入42号剧情 ⇥

42号剧情

一夜折腾，你是真的累了，很快就沉沉睡去。

过了不知多久，你忽然被一阵凄厉至极的声音吵醒。

"我的儿……我的儿啊……"

这声音听着像寒冬腊月的老猫，在用剩下的最后一点生命力对这世界作最刺耳的控诉。

你看了一眼床头的自鸣钟。

夜半三点。

"儿啊……你在哪儿啊……"

那声音又幽幽响了起来，偶尔一两句传进屋里，竟有种有人对着你的耳朵低语的错觉。

你浑身的寒毛都竖了起来。

互动14

| A | 我倒要看看,谁在装神弄鬼! | 进入43号剧情 |

| B | 不管是谁,少惹为妙,小心中了别人的奸计。 | 进入44号剧情 |

你明知深更半夜传来这种诡异的声音，一定是凶非吉，但还是忍不住被哭声所吸引，蹑手蹑脚地走了出去。

声音飘飘荡荡，衬得整座宅子也阴森森的。偌大的院子空无一人，似乎仆人们都被这哭声吓破了胆，一个也不敢出来。

在院子最西边一个墙根下，你找到了声音来源。

这是一堵厚实的石墙，离地五六寸处，开了一个四四方方的小口子，还焊上了一排粗壮的铁栏杆。一开始你以为是下水道，趴下身子一看，却惊得呼吸都停止了。

铁栏杆后面，赫然是一个半埋在地下的牢房！

牢房的墙壁厚重潮湿，爬满了黏湿湿的向阳植物。只有几寸月光照了进去，依稀可见冒着水雾的地面上，有一堆破布。

忽然，那堆破布抖动了一下，从里面伸出一张老人脸，此刻正死死地盯住了你！

你吓得魂飞魄散，拼命捂住了嘴，总算没尖叫出声。接着，你才发现那人的目光透过你，透过铁栅栏，直愣愣地望向窄小的夜空，嘴里只是说：

"儿啊……我的儿啊……"

你按下心头的恐惧，仔细打量，这才辨认出这"活死人"是一个女人——一个满头银发、枯瘦如柴的老女人。

你忽然想到一个恐怖的事情，她一直在念叨的"儿啊"，该不会就是……

"Don't worry，她喊的不是你。"

一个声音忽然在身后响起。

你大惊失色，赶紧爬起身来。

竟是李海潮站在你身后！

你下意识地紧贴墙面，捏紧了拳头。

但半夜的李海潮，与几个时辰前的他竟判若两人。此刻，他的脸上再也不见对你的敌意，只是淡淡说："她喊的儿子，并不是你。你没注意到，她的年龄可以做你的奶奶吗？"

你咽了口唾沫，说："她已经不太像个人了，我哪里看得出她的年龄。不过，她也绝对不是我们的娘。"

听到"我们"两个字，李海潮的眉毛憎恶地跳动了一下，但好在并没有发作："Of course not!她当然不是娘，她是四奶奶。"

"四奶奶？"

李海潮说："就算你真的是江流，恐怕也不太记得，当时跟着父亲后面做事的，有一个叫作'李迁'的远房堂叔,father's cousin。四奶奶，就是他的娘。"

你问："这个堂叔，为什么让自己的娘待在这种地方？"

李海潮沉默了一阵，忽然说："你要小心李远! He's a monster!"

"什么？"你一愣，没想到他敢直呼父亲的名讳。

李海潮的脸上露出仇恨的表情："一开始，是母亲离奇暴毙；没几个月，林霜梅就进了家门；再然后，江流就失踪了；没过多久，连最疼我的李迁堂叔也消失了……四奶奶来找儿子，居然没有一个人能说得出他去了哪里! No one! 后来，她就疯了。父亲怕她出去乱说，就把她关在了这里。这一关，已经快十二年……"

他忽然上前一步，铁青的脸紧贴着你的面："有一次，我看见父亲蹲在你站的这个位置，无声无息地在哭! Right here! 那是忏悔的泪! 我知道，一定是他害了李迁堂叔! 那一夜，我猜他看到我了。因为不久，他就把我送到Britain念书去了。但我哪里能读得进书？如果你的父亲害了你的母亲、你的弟弟、你的堂叔，你怎么可能还是个正常人？ A decent person？"

"你是说……"你怯怯地问，"母亲的死，李迁堂叔和我的失踪——都是父亲搞的鬼？可是，他为什么要这样做呢？"

李海潮像被毒蛇咬了一口，倏地又推开了你，低吼道："这一切都不关你的事！即使问我，我也不知道！我不知道……I don't know……我不可能知道的……"

你看着时而冷静，时而暴躁，时而怨毒，时而又疯癫的李海潮，不知道他是忽然变成这样，还是这才是他的本来面目。

忽然，李海潮又恢复了那冷峻的神气，抓住了你的衣领："你也给我小心着点！I know you are not江流！只要被我逮到证据……哼，我可不会把你送巡捕房……要知道，这宅子里，类似这样的地下室，可还有很多……"

你看着他阴狠的脸，打了个寒战。

李海潮忽然又笑了："只是，恐怕还不到我动手，你就go to hell了。我可以告诉你，这个宅子里最想要你命的，绝对不是我……"

他的手松了一些，你赶紧挣脱，逃命般跑回了自己的屋子。

**此处触发4号蝴蝶效应，
你获得4号蝴蝶效应剧情卡——【地下室的女人】。**

当接下来的剧情中出现"地下室的女人"这句话时，你可以打开"月满大江流"剧情书，进入19号蓝色剧情。

进入44号剧情 ↱

能力值+1

故人难逢

CHAPTER THREE

44号剧情

这一觉，你睡得并不踏实。进入李家不过一晚时间，遇到的怪事却比你这辈子加起来的还多。

但第二天，你还是醒得很早。下床后，你推开窗子。

像是为了补偿昨夜的雷雨，今早的阳光明媚灿烂，热情地洒满了你的全身。

李家大宅沐浴在这样和煦的阳光下，一改昨夜雨中阴森的模样，绽露出平素里一贯的雍容华贵来。你有些恍惚，前一天的早上，你还流落在街头，第二天的此刻，已经置身财阀大族。怪不得有人说，申滩是个一日地狱、一日天堂的地方。

忽然，你瞥到对街一处角落，原本挂在嘴上的笑容也消失了。

那里飘着一幅皱巴巴的白色长幡，上面写着"新鲜石榴，如假包换"八个红色大字。它挂得很巧妙，身在李府的人不管从哪个角度往外看，都很难忽视它的存在。

你的脸暗了下去，火速穿好衣服，推门下楼。

用人们之间自有一张高效隐秘的信息网。你一出现，见到的每一个用人都满脸堆笑地对着你点头哈腰，你一开始不习惯，之后逐渐受用起来，时间一久又不胜其烦。尤其想到昨晚他们中很多人还用看嫌犯的目光审视你，你就觉得那些造作的笑容下面都藏着刀子，那些殷勤的眼神其实都是监视的目光。

好不容易你逮着空当，趁没人或明或暗地看你，偷偷溜到了后门附近，挑了个不起眼的角落，坐了下来，仿佛在等待什么。

这时，石板路上传来"辘辘"的声音，你抬眼一看，是两个壮健的男仆推着一辆板车。车子上，满满当当都是各类日用品，大部分都是价格不菲的洋货。

两个大汉手里在推，嘴里也没闲着。左边那个长着一双斗鸡眼的男仆先嘿嘿一笑："嘿，要我说，咱们家来来去去这么多二少爷，这次恐怕是真要认了。"

右边那个缺了颗门牙，哼了一声，嘴里直漏风："哼，也不见得！前年不是有个小赤佬也差点蒙混过去吗，老爷都给他骗了，最后不还是绑了送到巡捕房去了！"

"这次可不同！咱这小爷，可是过了老太爷那关的！老太爷和老爷，那能比吗？"斗鸡眼神气活现，仿佛"过了老太爷那关的"是他自己。

"哟，怪不得你小子一听要给二少爷置办东西，立刻巴巴地赶来了！"豁牙恍然大悟。

"嘿嘿，咱们做下人的，讲究的可不就是个眼力见儿吗？"

"呸，你个对眼儿！还眼力见儿呢？今儿不是我，你又把人给撞了！"

"哎呀，不要提邦个老头，一瘸一拐还要过马路……"

你听到最后一句，忽然冲了出来。

两个男仆一惊，赶紧停住车，恭恭敬敬地站好："二少爷！"

你装作不经意地瞄了一眼车上："给谁买的东西？"

"回二少爷的话！"斗鸡眼拉长了腔调，跟太监唱旨似的，"都是给您置办的！呱呱叫的好玩意儿！"

"有心了。"你点点头，"路上没遇事耽搁吧？"

豁牙赶紧接话："没有，咱俩从百货公司一路拉到府里的！到现在连一口水都没喝呢！"

"辛苦了。"你扔了几毛碎钱给他，"可我刚才无意间听到，你们差点撞了人？"

"二少爷喜欢听实话！"斗鸡眼用胳膊肘撞了撞豁牙，点头哈腰地说，"回少爷的话，其实是有的，咱们半路上遇到个瘸子——恐怕眼也有点瞎——差点撞咱车上。不过您放心，东西是半点没碰着！"

"人没事吧？"你问。

"谢少爷关心！"龅牙说，"咱俩都没事儿！"

你扶额道："我是问对方！"

"那就更没事了！"斗鸡眼说，"那老……那老头还追着我们骂了半条街，中气足得很！"

你笑了笑，装作不经意地问："骂你们什么了？"

龅牙挠了挠头："也没啥，就是他是咱们的祖宗，只要他想，随时能砸了咱们的饭碗啥的。还有的话就太难听了，不敢说出来脏了少爷的耳朵。"

你点点头，又给他们一人扔了一块大洋——这还是昨晚冯博士在老太爷的示意下塞给你的："辛苦了，放我屋吧。"

二人得了赏钱，喜动颜色，吭哧吭哧把东西抬到你屋里，还殷勤地想帮你放好，你连连摇手，把他们推了出去。

然后，你关好门窗，一件一件检视新购置的这批百货。

在你面前，摆着一台紫藤花琉璃台灯、一副郁金香木鎏金床头柜，一套金榜题名粉彩描金瓷碗。

你仔细地翻查着它们，似乎要从里面找出什么秘密。

你查找的第一件是……

互动15

A 紫藤花琉璃台灯。 进入45号剧情

B 郁金香木鎏金床头柜。 进入46号剧情

C 金榜题名粉彩描金瓷碗。 进入47号剧情

提示:本次互动为信息收集局,可重复多次选择!

45号剧情

你将台灯的灯罩、灯泡都拆了下来，却一无所获。

- 你可以选择跳回44号剧情的互动15继续查找 →
- 也可以直接进入48号剧情 →

46号剧情

你将每个抽屉逐一拉开，甚至检查了底部和背部，却一无所获。

- 你可以选择跳回44号剧情的互动15继续查找 →
- 也可以直接进入48号剧情 →

47号剧情

你在刻有"景德镇制"的碗底，发现了一张纸条：

明晚八点，老地方。

笔迹是"那个人"的。

你把纸条撕碎，又凑着灯火把它烧成灰，这才一屁股坐下，看着黑灰沉默不语。

互动16

A 你选择无视字条。　　进入48号剧情

B 你选择次日赴约。　　进入49号剧情

48号剧情

次日深夜，屋子里忽然冲进来几个巡捕，嘴里喊着"诈骗犯"，骂骂咧咧地就把你拽了出去。

直到你死在狱中邪天，都不知道是谁陷害了你。

游戏失败

你入府的整个事件背后，是否有一个紧要人物或是关键线索被你忽略了？仔细回忆，我们从头来过。

49号剧情

"笃笃笃。"你敲响了李远书房的门，

过了好一会儿，李远半死不活的声音才悠悠传到门外："进来吧。"

你恭敬推门而入，发现李远和林霜梅正相对而坐。他们的坐姿和神情，倒不像一对夫妻，更像是两个生意人在对谈公事。老夫少妻大抵都是这样，要么好得蜜里调油，要么就成了一门生意——蜜里调油的时间长了，终究也会变成生意。

李远看你的眼神，也像在看一名生意对手："找我做什么？"

你期期艾艾："禀告爹爹，明天……我想出去一趟。"

"哦？"李远淡淡问，"出去做什么？"

这个问题，你事先已经考虑过。既然是去见"那个人"，就得找个隐秘一点、很难被人盯梢的地儿。

于是你回答……

互动19

A	我要去剧院。	进入50号剧情
B	我要去百货公司。	进入51号剧情
C	我要去医院。	进入52号剧情

50号剧情

"我想去看一场电影。"你说，"听说洋人拍的这种东西，演火车，就像火车向你迎面开过来一样；演飞机，就像飞机在你头上飞一样。我一直想去看，可惜没钱。"

"看电影？"李远沉吟了一下，"最近有什么电影上映？"

林霜梅也微微侧过脸来，难得出现了感兴趣的表情。

"我看了报纸。"你说，"最近这部评价很好……"

互动13

A	《福尔摩斯侦探案》	进入53号剧情

局内人模式推荐选择 ▲

B	《桃花泣血记》	进入54号剧情

多情客模式推荐选择 ▲

51号剧情

"我要去百货公司。"你说，"屋里还缺些东西。"

李远皱起了眉："上午不是已经吩咐下人给你买全了吗？若还有缺的，直接跟他们说就是，何必自己跑一趟？"

你无可奈何，只好作罢。

第二天晚上，你没能出去。到了深夜，屋子里忽然冲进来几个巡捕，嘴里喊着"诈骗犯"，骂骂咧咧地就把你拽了出去。

游戏失败

你没能赴约，"那个人"很生气，后果很严重。

52号剧情

"我要去医院。"你说，"许是昨夜淋了雨，身子不是很舒服。"

"着凉了？"李远声音里总算有了一丝关切之意，"可不能耽搁，万一变成肺炎就麻烦了。明天我就让老何送你去D国人开的医院，冯博士在那里有熟人。"

"谢谢爹爹关心。"你只有道谢。

第二天一早，管家老何就陪你一起去了医院，尽忠职守的他，连你上厕所都不离开半步，你根本没办法偷偷溜出医院。

深夜，屋子里忽然冲进来几个巡捕，嘴里喊着"诈骗犯"，骂骂咧咧地就把你拽了出去。

游戏失败

你没能赴约，"那个人"很生气，后果很严重。

53号剧情

"听说《福尔摩斯侦探案》很刺激。"你说。

"福什么思？"李远皱着眉问。

"福尔摩斯。"你说，"据说是Y国的一个名侦探，不过这部是本国人演的，讲的是神探侦破富绅被杀案的故事。"

听到这句话，李远和林霜梅抬头对视一眼。接着，李远才有些不情愿地说："也罢，明天我们与你同去吧，我和你娘也很久没看电影了。"

"爹娘抽空陪我，那是再好不过。"你若无其事地说，心里已经在盘算明晚如何脱身。

进入55号剧情

54号剧情

"《桃花泣血记》，听说很感人。"你说。

"我也听说过。"林霜梅在一旁说，"是阮玲玉演的，我很喜欢她。"

好感度+1

李远看了看她，嘬了口烟嘴，说："既然你娘喜欢，明天我们与你同去吧。"

"爹娘抽空陪我，那是再好不过。"你若无其事地说，心里已经在盘算明晚如何脱身。

进入55号剧情

几句话说完，三人之间竟默然无言。父子多年后重逢，本该有很多话题可聊，但李远却没有半点要和你回忆童年的意思，只顾着闷头抽大烟。而林霜梅仍是那副清清冷冷的样子，过了半响，才缓缓开口："老爷，快到午睡的时辰了，这杆烟抽完，就歇息吧。"

李远"嗯"了一声，胡乱抽了几口，就摇晃着站了起来。林霜梅也起身，纤瘦的身子扶住了他。

你看李远的一只手顺势搂住了林霜梅的腰，心中不知怎的，竟似有一团无名火"嗖"的燃起，连忙调转了目光，不再看他们。无意中你发现书架上一方白玉镇纸下，露出一个信封的一角。

这镇纸和信封一角，都落了些灰尘，说明这信在此已有很多时日，却不知是李远随手压的，还是故意藏着？

互动19

| A | 这封信引起了你的好奇，你决定，不管如何也要找机会先读上一读。 | 进入56号剧情 |

局内人模式推荐选择 ▲

| B | 你决定谨慎为上，忽视此信。 | ▽ |

选择了观看《福尔摩斯侦探案》   进入57号剧情

选择了观看《桃花泣血记》   进入58号剧情

这天晚上，你偷偷摸摸进李远的书房，小心翼翼抬起白玉镇纸，抽出下面压着的那封信。

获得物品

一封信

这竟是一封寄自Y国的长途信，上面的邮票是一名洋人。

你打开信……

渐吾兄台鉴：

于礼，本应叩问贤兄安好才是。然而愚弟深感救护失职，有辱重托，实在无颜觑问。提笔犹豫，思来想去，终觉不如直呈罪失，乞兄原谅。

愚弟自幼与兄交好，稍长，受朝廷官派，至Y国留学。之后流落异国，已经艰难求生近四十年了。追忆故乡旧交，大多鄙夷愚弟越洋"待兔"，几乎都已断了往来。只有贤兄豁达大度，明月入怀，多年来关怀备至，帮弟料理故乡之事，愚弟深深感念。

年前，接兄手书，言及海潮贤侄将来此留学，托弟效犬马之劳。弟受宠若惊，不敢有丝毫怠慢，视海潮甚于己出。虽然人穷力微，总算是尽力爱扶。

如今回头检视自己过失，深悔对海潮爱护或有，管教竟不忍多加。海潮一片少年天真，顽皮之性是有的，愚弟没有拘束，竟致其在学校犯下过错，有退学之险。弟得知此事，顾不上人微言轻，多次登门拜访汤姆森校长。但此人一不收礼，二不受馈，竟执意要将海潮逐出校门。丫国人向来不懂变通、死板教条，并非海潮实有什么大过，请贤兄明察。如要怪，需怪愚弟照护不力。

海潮休学后，弟延请家庭教师，以代学校教育。但聘了七八位教师，男师常与海潮起口角乃至互殴，女师则称海潮不尊礼仪，举止间不大尊重。半年时间，竟无人能坚持七日以上，此又是愚弟用人不察之错。

又恨愚弟教子无方，膝下正中、正华、正民三子，不仅未尽东道之谊，反屡屡与海潮有隙，常大打出手。愚弟本想好生责罚三人，但正中左腿骨折，正华鼻梁断裂，正民卧床三月不能下地，也算咎由自取。

愚弟几番思量，痛觉海潮乃我华夏儿女，不适西方番邦世界，还宜返乡，受孔孟之道教化，三民主义熏陶，日后必能成国之栋梁。此是愚弟肺腑之言，并非为推脱抚护之责，望兄垂恩。

又及：海潮贤侄天资聪颖，西方诸艺，无一不精，真乃英雄出少年也。诸艺之中，尤擅火枪射击，常经日流连枪馆，苦练射术。一日，愚弟无意中发现海潮所练之人形靶上，竟刻着贤兄之名讳，不禁大骇。此举有违父子人伦，愚弟虽疼爱海潮，亦不敢不告知兄也。依弟愚见，乃是海潮格外思亲，因爱生恨，方有此举。由此，更可见海潮回国，势所必然。

又又及：海潮喜爱洋人玩体，即所谓舞会之事。一夜，于宴饮时突发怪疾，竟至送医。问之，照例不答，此事愚弟亦深虑之。望海潮归国后，贤兄延医予以诊断调理。

　　草率书此，祈恕不恭。愚弟信中所提之事，望兄稍予思量。

不才弟铭鸿，愧书

能力值+1

你读完信后，又按原样将它放回原处，回自己房间睡觉去了。
- 如果你之前选择了观看《福尔摩斯侦探案》，则进入57号剧情
- 如果你之前选择了观看《桃花泣血记》，则进入58号剧情

57号剧情

次日晚，申滩大戏院。

这里有一处豪华包厢是常年专为李家留着的，不过大多数时候，都是李海潮带着舞女歌后们来看午夜场。今番竟是李老爷携夫人和新回来的二少爷捧场，戏院经理自然殷勤备至。

三人坐在大沙发上，李远居中，林霜梅在左，你在右边。不一会儿，电影便开始。这部片子虽说是改编自外国小说，但本土风情的味儿很浓，福尔摩斯一会儿在园林，一会儿在酒肆，一会儿在地窖，倒也热闹。李远平时病恹恹的，看这片时却很投入，连右手拿着的烟枪都忘了抽。

而你却是坐立难安，电影看到一半，就想偷偷跑出去。

李远斜了你一眼："上哪儿去？"

"人有三急。"你一脸诚恳。

他正沉浸在剧情中，随手挥了挥，你便赶紧出来了。

进入59号剧情 →

58号剧情

次日晚，申滩大戏院。

这里有一处豪华包厢是常年专为李家留着的，不过大多数时候，都是李海潮带着舞女歌后们来看午夜场。今番竟是李老爷携夫人和新回来的二少爷捧场，戏院经理自然殷勤备至。

这部《桃花泣血记》，讲的是富家子和穷村姑青梅竹马，却碍于封建礼教而生死两隔的爱情悲剧。李远对这样的情节看来兴趣缺缺，只看了十几分钟，就躺到包厢内侧的躺椅上抽大烟去了。这样一来，观影的大沙发上，就只剩你和林霜梅两人。

她倒是看得很认真，一双眸子一眨不眨地看着银幕。当演到阮玲玉连情郎最后一面都没见到，就病重玉殒，她的眼里竟隐隐含了泪光。

你装作在看电影，其实已经偷偷瞥了她好几眼。她的容颜并不比那些名伶逊色，如果不是家道中落，她应该会嫁一名门当户对的俊彦。如今，却只是一个中年男人的续弦。

她哭，不知是哭泣剧中人的命运，还是自己的身世？

这时，电影已经过半，你趁她沉浸于剧情中，便偷偷跑了出去。

此处触发5号蝴蝶效应，
你获得5号蝴蝶效应剧情卡——【桃花泣血记】。

当接下来的剧情中出现"桃花泣血记"这句话时，你可以打开"绝知春意好"剧情书，进入2号红色剧情。

进入59号剧情 →

59号剧情

这时还没到散场的点儿，戏院门口人流稀疏。你从剧院里溜出来，躲躲闪闪地跑进街对面的小巷里。

"听说里面的戏精彩得很，怎么，不看完再出来？"一个阴阳怪气的声音响起。

你叹了口气，回过头来。只见阴暗肮脏的角落里，斜倚着一个中年流浪汉。

跟申滩大多数流浪汉一样，他穿得破破烂烂，一张马脸又黑又黄。黑，是不爱清洁积下的泥垢；黄，是有上顿没下顿饿出来的。

与申滩大多数流浪汉不同的是，那些人早已认命，安心做大都市里的一条小蛆虫。这人的脸上却满是不可一世的神气，倒像是称霸一方的大亨。他手里还抓着一只不知从哪儿骗来的肥鸡，啃得满口流油、呜呜有声，好似一条饿了好几天的土狗。

你冷冷地看着他："去李家之前，我们不是约好一个月后再见面吗？你胆子还真不小，竟敢往下人们买的东西里面塞纸条。万一被谁发现了，您这发财梦，可就醒了。"

流浪汉笑了，发出难听的"嘎嘎"声："怕什么？我可听说了，李老太爷真把你当亲孙子了。怎么样，叔教你的那些，都派上用场了吧？"

你没有答他："有什么话快说吧。"

流浪汉伸出两根油腻腻的指头，使劲搓了搓："还不是手头有点紧，跟二少爷求点赏钱花花。"

你早知他找你，无非为了钱财，于是问："想要多少？"

"先来一千大洋，其他的，等你接手了李家的财产再说。"

"一千大洋！你要这么多钱干吗？"你倒抽了一口冷气。

他嚷了起来："吃饭住店不要钱？去赌坊掷几把不要钱？翠云楼的姑娘不要钱？你二少爷见天儿大鱼大肉的，还不能让我这幕后功臣喝喝汤了？"

你摊开手："我没这么多钱。"

"没这么多钱……哼哼！"流浪汉眼中忽然凶光一闪，把鸡骨头狠狠扔在你脸上，"敢跟我打马虎眼？要不是我看你和那个短命小鬼有点像，把你从破山村里带出来，辛辛苦苦教你这教你那，你能混进李家当少爷？你自己说，我花了多少心思，教了你多少东西，才让你说话做事都跟那小鬼像个十成？"

他不光嘴里叫骂，还伸出脏兮兮的手来抓你。还好他的右腿是瘸的，你一闪身，就躲过去了。

你忍气吞声，耐着性子说："是，我今天这一切，都是拜你所赐，这一点，我从来没有忘过。叔，你花了八年心血，才让我变成了'李江流'。如今成功在望，为什么反而沉不住气了？要知道，虽然老太爷认了我，但李家还有人对我不放心。就好比今天，我找个借口说出来看电影，没想到李远夫妇也要跟我一起去，等会儿散场了，让他们看到你可就不妙了。"

听到这句话，流浪汉忽然脖子一缩，脸上恐惧之色一闪而过，但随即又换上一副凶狠嘴脸："看到我又怎么样？我就跟老爷夫人说，是小的我把您的心肝宝贝救出来的！"

你注意到他的表情，忽然脑中涌进一个念头："你，恐怕不敢见他们。"

"有什么不敢？"他还在嘴硬，眼神却有些慌乱。

你冷笑一声："因为我猜到你的真实身份了，叔！"

互动20

A 你是李迁！	进入60号剧情
B 你是人贩子！	进入61号剧情
C 你是管家老王！	进入62号剧情

"你是李远的堂弟，李迁！"你指着他说。

流浪汉倒先一愣："李迁不在府里吗？"

你也愣了："你不是李迁？"

"李迁？"流浪汉冷哼一声，"我怎么可能会是那个无能的废物！"

接着，他随手把大半只鸡扔在地上，面无表情地抽出一把刀："我看出来了，你小子根本就不想和我一起发财。现在放你回去，指不定你想出什么阴招来对付我呢，不如现在就一拍两散！"

他完好的左腿用力向前一蹬，右手的短刀就刺入了你的胸膛。

鲜血，染红了你胸前的那枚飞云胎记。

"平步青云？飞黄腾达？我呸！"临死前，你听见那人咒骂道，"才当了一天太子，你就忘了自己其实是狸猫了？这个胎记还是我帮你烫上去的！"

游戏失败

这中年流浪汉的身份其实呼之欲出，
仔细梳理一下得到的线索，相信你一定能识破他。

"你就是当年拐走了李江流的人贩子！"你指着他说。

流浪汉一愣，接着哈哈大笑起来："你小子真会开玩笑！当年我要是拐了李江流，不赶紧跟李家要赎金？还用再辛辛苦苦找你这么个冒牌货出来骗钱？"

接着，他随手把大半只鸡扔在地上，面无表情地抽出一把刀："你这么蠢，在李家这种深宅大院，迟早要被识破，还不如我今天就把你结果了，省得你以后把我供出来！"

他完好的左腿用力向前一蹬，右手的短刀就刺入了你的胸膛。

鲜血，染红了你胸前的那枚飞云胎记。

"平步青云？飞黄腾达？我呸！"临死前，你听见那人咒骂道，"才当了一天太子，你就忘了自己其实是狸猫了？这个胎记还是我帮你烫上去的！"

游戏失败

这中年流浪汉的身份其实呼之欲出，
仔细梳理一下得到的线索，相信你一定能识破他。

"你是管家老王！"你指着他说。

"老王？什么老王？"他故作惊愕，"你们李府的管家，不是姓何吗？"

你微微一笑："不必再装了吧，王叔？你熟悉李府的每一个主子，对十二年前李江流的各种小事更是记得清清楚楚，除了一府管家，谁能做到这么事无巨细？另外……你这条右腿，就是当年李老太爷叫人打折的吧？"

他下意识地摸了摸残腿，脸上露出记恨的神色，却还在嘴硬："别胡说，我这条腿是打仗时打瘸的！"

你耸耸肩："那你怎么解释，二少爷当年贴身不离的半块玉佩在你手上？"

他瞪起了眼："好啊，不光说我是管家，还想污蔑我是拐走李江流的人贩子！"

你摇了摇头："这倒不至于，如果当年是你拐走了李江流，早就派人跟李家要赎金了。也不至于潦倒到今天这个地步，还费尽心血培养出我这么个冒牌货。"

"可恶，我当年差点着了别人的道儿！"他脸上露出愤愤不平的神色，"小鬼一失踪，全府上下急得跟热锅上的蚂蚁似的，恨不得把宅子都掀翻了。我负责查后院，竟然找到了他的玉佩。也怪我心黑，知道那是个稀罕玩意，就给昧了……"他这样说，等于已经承认了自己的身份。

你问："结果也没出得了手？"

"出个鬼啊！"老王叫了起来，"每个当铺——哪怕黑市，都有巡捕房的人守着。只要有人敢出手二少爷的物件，当场就给你拿下！后来我琢磨着，这许是有人故意落下，要找我做替罪羊呢！"

你目光闪动："照你说来，拐走二少爷的，就是府里的内鬼？依你看，究竟是谁？"

"你小子，套我话呢？"老王嘿嘿一笑，露出一嘴黄牙，"我就这么说吧，谁都有可能！"

"谁都有可能？"你一凛，开口问道……

互动21

A 会是李远吗？		进入63号剧情
B 会是李惊霆吗？		进入64号剧情
C 会是李海潮吗？		进入65号剧情
D 会是林霜梅吗？		进入66号剧情

提示:本次互动为信息收集局,可重复多次选择!

63号剧情

"会是李远吗？"你问。

听到这个名字，老三露出阴沉的神色："那个人心狠手辣，倒确实做得出来。我跟了他十年，在他眼里什么老爹老娘，什么老婆孩子，对他来说，都是可以随时再找的物件罢了。"

"心狠手辣？"你一愣，联想起李远那副病恹恹的样子，"我倒真没看出来。"

老王哈哈一笑："李远当年有个外号，叫'竹叶青'，那是毒蛇的名儿。为啥叫这么个名字？因为他最爱用的手段就是下毒。吴州老杜，是李远的拜把兄弟，就因为也想在申滩做生意，犯了他的忌讳！某一晚，李远请他喝酒，第二天，他就离奇暴毙，只剩下孤儿寡母，偌大家财没几天就被李远掏了个底朝天。这种人，薄情寡义，即使断子绝孙也是活该！"

"那他怎么现在成了烟鬼？"你问，"照你这么说，总不会是因为思子成疾，一蹶不振吧？"

"所谓一物降一物。"老王慢悠悠地说，"李远手段是辣，可谁让他……有个手段更辣的爹呢？"

"这话怎么说？"你敏锐地捕捉到他话语里隐含的深意。

老王剔了剔牙："这些事儿跟你没关系，管那么多干吗？"

- ✦ 你可以选择跳回62号剧情的互动21继续谈话 ✦
- ✦ 也可以直接进入67号剧情 ✦

64号剧情

"总不会是李老太爷吧？"你问。

老王畏缩了一下，看着自己的残腿，低声说："虽然我下半辈子都被这老头毁了，但我必须承认，他是最不可能拐走李江流的人。事发当晚，全府最着急的，就是他了。那种关心，倒是不可能作假。再者说，他有什么理由要害自己的孙子呢？"

- ✦ 你可以选择跳回62号剧情的互动21继续谈话 ✦
- ✦ 也可以直接进入67号剧情 ✦

65号剧情

"是李海潮的可能应该不大吧？"你说，"当年他也不过是个孩子，总不至于做出这种事情来。"

"孩子？"老王冷笑一声，"你真天真，在这样的家庭长大，只要能说话走路，就不再是孩子了。我记得呀，李海潮当年虽小，性格已经很老成了，经常一个人在院子里，看着天空发呆，谁也不知道他在想什么。我总觉得这孩子的眼神怪阴沉的，说不定，他那时已经意识到老头子最宠的是你，正盘算着怎么对付你呢。"

你回忆起李海潮打你时，那张嚣张跋扈的脸，怎么也不能想象他也有安静发呆的时候。

- 你可以选择跳回62号剧情的互动21继续谈话 →
- 也可以直接进入67号剧情 →

66号剧情

"会是林霜梅吗？"你问，却打心底里不愿听到肯定的答案。

"那个女人……"老王露出色眯眯的神色，"为了钱嫁给一个能当她爹的男人，你说还有什么事做不出来？"

"我听说，她是家道中落，不得以才嫁给李远的。"出于不知什么理由，你竟替她辩解了一句。

老王一声冷笑："我是穷哈哈出身，看到你的第一眼，就知道你也是个穷命。当年李远把林霜梅娶进门，说得好听是什么读书人家的小姐，但我一看她那样子，就知道出身比咱高贵不到哪里去！"

老王自从瘸了一条腿，一直愤世嫉俗，你没有理他。

他接着又自言自语道："不过这女的还挺喜欢收买人心，门房老顾的二小子生了场急病，是她让人给送去了医院，后来还特意赏了笔钱让他治病。不过嘛，这些姨太一开始进来，都要装一装的，这不，已经装成太太啦。"

- 你可以选择跳回62号剧情的互动21继续谈话 ⤴
- 也可以直接进入67号剧情 ⤴

67号剧情

你说："还是说回玉佩吧。你是在北方找到的我，为什么不直接在那儿把玉佩卖掉？"

"你以为我没想过？"老王反问，"被赶出来后，我去过济州、昌汉、京口，还有关外……小地方当然卖不出去，至于大城市里……你猜怎么着？连那些地儿都有人在查半块玉佩的事儿！老头子的势力是真大！害得我拖着一条伤腿，潦倒了小半辈子！"

一口气说完，他剧烈地咳嗽起来。你知道老王多年来一直有暗病，看了不少大夫，也一直没查出来。也因为这，他越来越自暴自弃，只想着干一票大的，享尽荣华富贵再痛快死掉。可惜，这么多年，他都没达到目的。于是他恶狠狠地盯着你，仿佛你真的是李家的一员："十二年了，我捱的苦、受的穷，都要李府十倍百倍地偿还！"

你躲闪着他的目光："事成之后，对半分成，这是说好了的，我绝不会赖账。可是，你这会儿忽然要一千大洋……我刚进李家，哪里有钱给你？"

"没有钱……哼哼。"老王的目光陡然转冷，"我告诉你，三天之内，你就是去偷去抢也得给我凑足这一千块大洋！我这几天赊了不少账，已经被赌场和青楼的人揍了好几顿了，再还不上钱，过几天我就得跳金浦江！跳之前，我可得找个垫背的！"

这句话听得你脊背一凉。你跟着老王八年，知道此人是十足的亡命之徒，若把他逼到绝路上，倒真是什么事都做得出来。你叹了口气，说："我……我尽量吧……"

"别尽量，是一定——"老王恶狠狠地撂下这句话，缩着脑袋匆匆走了。

蝴蝶效应:桃花泣血记

进入68号剧情 ➹

68号剧情

你回到包厢后，心不在焉地看了一会儿电影，终于挨到了散场。观影大厅里，一片昏暗的观众席忽然亮了，观众陆续站起，吵吵闹闹地涌了出去。

可李远并没有要动的意思，你也只好不动。

又过了一会儿，观众都走得差不多了，他这才好整以暇地抽完最后一口烟，慢吞吞穿上衣服，牵着林霜梅的手，轻手慢脚地下了楼。

如果说方才在包厢昏暗的光线里，林霜梅脸上难得地露出一点笑容，此刻她已经恢复成平常那清清冷冷的样子。林霜梅的纤腰挨着李远的裘皮大衣，脸却下意识地转了过去，似乎很不喜欢他身上的那股烟味。

忽然，她的眼睛注视着斜前方冒出来的两个人。

你顺势看去，竟是李海潮搂着个浓妆艳抹的女子。

在人前，李海潮似乎只有"跋扈"和"轻佻"两种表情，此刻，他脸上的表情显然是后面一种。他看到李远和林霜梅，嘴角歪歪地扯了起来，一把将女人搂得更紧，用绝对不是跟爹娘打招呼的语气打招呼说："哎哟，瞧这其乐融融的一家三口，What a happy family！"

李远轻轻咳了一声："我们已经散场了，别担心，不耽误你半夜用包厢。"

"那我还得谢您。"李海潮骄傲地点点头，"爹，咱们借一步说话？"

李远皱着眉："有什么事，不能当着自家人说。"

李海潮冷笑一声："一个贱人、一个骗子，算什么自家人？母亲大人，你可别多想，我说的是我怀里这个。"

那女子不以为耻，反而叽叽乱笑，用小粉拳直捶他胸口。

"放肆！"李远沉下了脸。

李海潮嘿嘿一笑："Are you coming or not？"他粗暴地把女人推开，径自走进了贵宾盥洗室。

李远迟疑片刻，对你和林霜梅点点头，也走了进去。

不过几分钟时间，二人就出来了。李海潮意味深长地冲你瞥了一眼，便搂着女人走了，你不由得一阵心慌。

李远来到你和林霜梅身前，沉声说了句："走吧。"你只好跟着他走出去。

出了大剧院，满街如白昼般灿烂的灯光让人觉得刺眼。李远压低帽檐挡住光线，沉吟一下，才说："霜梅，你先坐车回去，我跟江流有话要说。"

林霜梅没有表现出一丝好奇的意思，只略略点了点头，坐上汽车走了。

李远冲你招招手，另选了一条小路。

你赶紧跟了过去。

李远缓缓踱着步，不紧不慢地再次点燃大烟枪，握在右手上滋滋有声地抽着。你忽然发现，他大拇指上原本戴着的那枚镶金翡翠扳指不见了，去了哪里，你也不方便问。

等抽完小半包烟土，李远才问："知道海潮刚才找我聊什么吗？"

你谨慎地摇了摇头。

"他说，看到你之前从电影院里跑出来，进了一条小巷子——那里边活动的，可不是什么好人啊。我就不禁要问了，你跑那儿去干吗？"

你隐隐担心的事果然发生了。你知道，如果这次不能掩饰过去，必将引起李家父子的怀疑。什么样的回答，才能把李远敷衍过去呢？你脑子一转，答道……

互动22

A 李海潮看错了。		进入69号剧情
B 我确实没干好事。		进入70号剧情
C 我去看江湖郎中。		进入71号剧情

69号剧情

"大哥大概看错了。"你平静地说，"我只是在剧院里解了个手，连门都没出。"

"是——吗——"李远拉长腔调问了一声，接着又点了点头，"海潮天天玩得日夜颠倒，眼神发花，也不是不可能。"

父子俩一路无言，就这么回了李府。

夜里，你睡得正香，却被人一巴掌打醒。

你捂着脸睁开眼，只见李海潮气势汹汹地站在你面前，袖子已经撸了起来，露出粗壮的胳膊。

李远则端坐着，悠悠地说："你以为硬着头皮不承认自己出去过，这事儿就过去了？以我们李家的势力，想要彻查多少人进出过那条巷子，倒也不算难事。"

你这才发现，他屁股下坐着的，竟然是被五花大绑的老王。你俩的目光一对视，你就知道，自己也即将面临和他一样的遭遇……

游戏失败

一味地否认，并不是化解怀疑的最好办法。

70号剧情

"我到那里……确实不是干什么值得夸耀的事……"你吞吞吐吐地说。

"哦？"李远饶有兴致地问，"到底干了什么？"

你盯着李远手里的烟枪，咽了一口口水，说：“我想去买点……大……”

“买什么？”

“大烟！”你假装下定决心，说了出来，“早就听说抽了大烟能让人欲仙欲死，看到爹您也抽，我就忍不住……”

李远笑了笑，倒把烟枪放了下去：“你还小，这玩意儿可不能抽。我吸的，已经是减了量的，不然劲儿大的抽起来，连站都站不稳，等你成家立业，再抽也不迟。”

接着，他冲你招了招手：“拿来吧。”

你一愣：“什么拿来？”

“还有什么？大烟啊。”李远说，“拿来，这东西你不能抽。”

你苦笑一声：“哪有什么大烟，被人骗了倒是真的！我给了一个老头好几块大洋，说好一手交钱一手交货，他收了钱，把鸡骨头扔了我一脸，转身就跑了！”

破天荒的，李远竟哈哈大笑：“你一小孩，学大人买什么烟土？这也怪政府，居然禁烟。这么多人抽大烟，禁得绝吗？无非是越来越难买，价格越来越贵罢了。唉，往前倒几十年那阵，朝廷不禁烟，Y国最好的烟土随便吸！可惜啊，那时候年轻，抽得不算多，等错过了好日子才知道后悔……”

他又叹了口气，重新点燃烟枪。

你松了口气，知道这关好歹过了。

李远抽了很久的烟，这才再次开口：“老太爷请了个律师，准备这一两天要立遗嘱。瞧他的意思，财产我和海潮是没份了。估计……都是你的。”

你先是一惊，然后暗喜，最后却有些慌了：“父亲和大哥在上，江流怎么敢僭越？”

李远摇了摇头："你走那年，我就没再碰过家里的生意了。你大哥嘛……有多不成器，你大概心里也有数，幸好你回来，不然都不知道这偌大家业会到谁的手里。所以，老太爷能传给你，我心里是高兴的。"

你心中一惊，赶紧回答……

互动23

A 我即使拿到财产，也是与爹爹共享。　　**进入72号剧情**

B 这财产我一分钱也不会要。　　**进入73号剧情**

局内人模式推荐选择 ▲

71号剧情

"其实，我去那巷子里，是想买副膏药贴一下。"你捂着腰说，"昨个一不小心，把腰扭了。"

"家里放着个洋医生不看，非要找江湖郎中？"李远看了你一眼，招了招手，"拿来吧。"

你一愣："什么拿来？"

"还有什么？膏药啊。"李远说，"让我看看，到底有没有功效。"

你苦笑一声："哪有什么膏药，被人骗了倒是真！我给了一个老头好几块大洋，说好一手交钱一手交货，他收了钱，把鸡骨头扔了我一脸，转身就跑了！"

李远冷冷一笑："那巷子里，确实有不少骗钱的庸医。不过他们骗钱，向采只是用假药冒充祖传膏药来卖，拿了钱就跑，倒还第一次听说。"

他打了个响指，角落里忽然闪出四五个人来，看着眼熟，赫然是前几天李浃潮打你时，在一边狗仗人势的小厮。

"海潮怀疑得没错，你果然有问题。"李远任由他们把你按在地上，说，"至于你到底是不是去买药的，到巡捕房一问便知。"

游戏失败

拙劣的谎言，比一张薄纸更容易被戳穿。

72号剧情

"爹爹放心，我即使拿到财产，也是与爹爹共享！"你赶紧回答。

"共享……"李远的嘴里咂摸着这两个字，"做皇帝、做总统的，要把权都抓在手上；一家之主，也得一个人攥着钱根子。为了'独享'，自己人打来打去，管你什么人伦亲情，都给打光了，打到最后，反而让洋鬼子得了便宜……不过，你能说出来，总算是有心。以后，时不时接济爹爹一点烟土，也算你尽了孝道了……"

"爹爹言重了！"你忐忑不安地说。

进入74号剧情 ›

73号剧情

"这财产，我一分钱也不会要！"你停下脚步，坚决地说，"我在外十二年，没为李家做过半分贡献，如今没由来地竟要继承全部家财，这是要折江流的寿啊！爹爹，待会儿我便随您去见爷爷，向他禀明，我无意于家产，只求能重回李府，已经是大幸事了。"

李远看了看你，声音微微透出一丝笑意："你有这份心，已经很难得，也不必去找老太爷了，他的话，在李家就是圣旨。他说不给谁，谁也别想得到；他说要给谁，那谁也推辞不掉。就像我刚才说的，爹已经废了，海潮又是个败家的，咱们李家也只有你了。拿着吧，孩子，以后，时不时接济爹爹一点烟土，也算你尽了孝道了……"

"爹爹言重了！"你忐忑不安地说。

进入74号剧情 →

能力值+1

74号剧情

李远又深深叹了口气："人伦亲情，人间富贵。太多人嘴上说的是前者，心里真正想要的却是后者。我是你爹，家产最后本就是由子孙继承，所以也无所谓了。可是你哥，总是放不下啊。"

你点了点头："哥哥是长孙，按规矩，确实该由他继承。"

"连前朝都不搞立长不立贤那套了，这都换政府了，你怎么还这么封建？"李远笑了笑，忽然又严肃起来，"你要小心海潮！"

"怎么？"你没想到他这么直接。

李远说："自从你回来那天起，他的小动作就没停过。据说，他这两天都没回过家，不知在鼓捣些什么。"

"如果是为了家产，倒大可不必。"你故意说，"大哥要的话，尽管开口就是，我一定会让的。"

李远却摇了摇头："你想得太简单了，海潮不仅是要家产，他更想要的——是你的命！"

"为何？"你一惊。

李远耸肩道："自始至终，他都认定你是冒牌货，当然想除你而后快。"

你的指尖一颤："这误会……可就太大了。"

"所以我才不想你们手足相残。"李远凑近你，满口烟臭味的嘴里吐出三个地址，"这两天，他频繁出入这三个地方，你可得留心。"

你默默记下："多谢爹爹！"

"好啦，话就这么多，我先回了。"李远重新把烟枪衔在嘴里，走出几步，又回过头来看着你，郑重其事地说，"我再强调一遍，告诉你这些，是不想见到你们手足相残。所以，即使你发现海潮做了什么对你不利的事，至少答应我一点要求：不管怎么报复也好，一定留他一条性命。"

你忙深深鞠了一躬："爹爹言重了！兄弟之间，怎么能做出这种事！"

"血亲兄弟之间……真的不会自相残杀吗？……恐怕是你想得太天真了……"李远含糊地说了些意义不明的话，转身走远了。

李远走后，你回忆着他说的三个地址。

A 第一个地址:申滩外商总会。 进入75号剧情

连你都听说过,它是洋人在租界开设的俱乐部中,资格最老、影响最大的一个。李海潮曾在Y国留学,拥有会籍资格,也不足为奇。

提示:这是一个影响极为深远的选项,不管您选择哪种模式,如果想得到完整的结局线,都强烈推荐此选项

B 第二个地址:福州路会乐里的烟柳院。 进入79号剧情

李远提到这里,带着暧昧的表情说是个"长三堂子"。这又是什么意思?

C 第三个地址:粤秀路31号的小屋。 进入83号剧情

李远说他也不知道这里是什么地方。

D 你深深怀疑李远只是在利用你,于是选择直接回到家中。 进入86号剧情

提示:本次互动为信息收集局,可重复多次选择。局内人或多情客模式下,建议将三个地址都逐一访问到。系统再次提示:在做任何选择之前,先问自己一个问题:李远为什么要把这些地址透露给你?

75号剧情

外商总会是幢美轮美奂的西式风格的大楼，进出的都是西装革履的洋人或高等华人。门口站着四名裹着红头巾、蓄着大胡子的高壮锡克巡警，申滩人称之为"红头阿三"。他们手持长枪、腰悬警棍，对洋人还算客气，可遇到想入内的中国人，必得瞪着铜铃大眼细细盘查一番。想从正门进入，显然难度极大。

你选择……

互动25

A　坚持从正门进，用出众气质震慑阿三。　**进入76号剧情**

B　从后门偷溜进云。　**进入77号剧情**

提示：这是一个影响极为深远的选项，不管您选择哪种模式，▲
如果想得到完整的结局线，都强烈推荐此选项。

C　直接放弃。
- 你可以选择跳回74号剧情的互动24 ↗
- 也可以直接进入86号剧情 ↗

76号剧情

你理了理一身华服，昂首挺胸走向门口。

红头阿三一脸凶神恶煞，四座大山一样把你团团围住，用生硬的华语说："卡盘！卡盘！"

"什么卡盘？"你有些不知所措。

这时，一名气度不凡的中年人经过，顺口说道："他们在跟你要卡片。这个俱乐部是会员制，只有出示会员卡，才可以进去。"

"我……我没有。"你只好说道。

"黄皮猪！滚！"阿三叫骂着，抬起大靴子，一脚就把你给踹翻了。

游戏失败

二十世纪时，这样的欺辱到处存在，
甚至有的地方还会竖起"下等人与狗不得入内"的牌子。

77号剧情

你绕到后门，发现这里的警卫异常松懈，大概连小偷们都慑于洋人的威名，不敢来犯。而你多年来跟着老王闯荡江湖，溜门撬锁可不在话下，路边捡根铁丝鼓捣鼓捣，就打开了一扇偏门。

进来之后，反倒好办了。你长得俊美，又一身富贵人家的穿戴，连洋侍者看到你都要喊一声"sir"。你从衣架上随手取了一顶礼帽遮住半边脸，注意留心里面华人会员的交流。

提示：本轮访问三个地址时获得的能力值均可叠加！

能力值+1

果然，一对穿着西装、油头粉面的小开讨论了一会儿"大世界"的舞女后，开始谈起了华人圈子的话题人物——李海潮。

"李大少枪法老灵哟！刚刚同他打赌，结果他连中十环，活生生赚了我三千大洋！"油头小开说。

"你怎好同他比？他在Y国读书的时候，就是出了名的快枪手！"粉面小开说着说着，压低了声音，"听说，他身上常年藏着一把枪！就在衣裳内袋旦！"

"不得了。他又没拜过青洪帮的堂口，带着枪做啥子？"

"你管得了这么多哟！反正巡捕房也睁一只眼闭一只眼！听说哟，他带着枪，是要杀人！"

"杀人？杀啥人？"

"不晓得。不要看他平常嘻嘻哈哈，我觉得他脑子坏掉了！说不定哪天请你吃铁花生米！"

"老吓人哟 我赶紧让人把钞票送给他！"

油头小开被吓得面容失色，真的立即开了张支票，吩咐身旁的侍从送到室内靶场去。

于是你也跟了过去。

侍从推门入内，一时间，里面"噼噼啪啪"此起彼伏的枪声就传了出来，还伴随着玻璃瓶破碎的声音。

此处触发6号蝴蝶效应，你获得6号蝴蝶效应剧情卡——【神枪手】。

当接下来的剧情中出现"神枪手"这个关键词时，你可以进入92号剧情。

此处触发7号蝴蝶效应，你获得7号蝴蝶效应剧情卡——【被遗忘的枪】。

当接下来的剧情中出现"被遗忘的枪"这句话时，你可以进入148号剧情。

099

你选择……

互动26

A 你趁着门还开着，跟在侍从身后走进门内。 进入78号剧情

B 你觉得不宜贸然闯入，于是悄然离开。
- 你可以选择跳回74号剧情的互动24 ➜
- 也可以直接进入86号剧情 ➜

局内人或多情客模式下，推荐选择回到74号剧情的互动24。 ▲

100

78号剧情

一进门，只见十几名衣衫华贵的青年，都举着枪在射击十几米外的玻璃瓶。

看到你这个生面孔入内，不知道是谁，大喊一声"Assassin! Kill him!"

你不懂那句英文的意思，只看到原本对着前方的枪口，统统指向了你！首先是第一声枪响，紧接着，其他枪也纷纷开火！

你被无数子弹击中，倒在了血泊中。

次日，李家二少爷擅闯外商总会被误杀的惨剧，轰动了申滩。由于你身上的弹孔过多，根本不知道是谁射出的那致命一枪。再加上当时在场的都是有权有势的世家子，连李家也没办法与这么多家族同时作对，最后，该案竟一直悬而未决，成为巡捕房好大一桩心

病。

一些街头小报报道，其实当时李家大少爷也在现场，可他为什么没有出声阻止惨剧的发生？这就是另一个谜了。

游戏失败

在陌生的环境，手无寸铁贸然出现在你的竞争对手面前，
实在不太明智，特别是当他手上还拿着枪的时候。

79号剧情

你来到会乐里，这里极繁华，石板路上来往的是打扮时髦的男女，两边的墙上则挂满了姹紫嫣红的灯牌。你满耳只听到酥得人骨头发软的小曲声和放浪形骸的说笑声。

越往里走，路人的衣裳就越华贵。最终，你来到烟柳院前。

这是一幢由翠碧琉璃瓦砌成的三层阁楼，绿得极俗气，可俗气得又极好看。每一层楼的窗户都洞开着，每一扇窗户里都站着一个穿着旗袍的女人。她们或风情万种，或稚嫩清纯，向楼下的人们展示着自己细软的腰肢和美艳的相貌。你终于知道，为什么李远提到它时会那样笑了。

烟柳院大门口站着几个把头梳得油汪汪的中年人，把脸笑成一朵菊花，正在招揽客人。

你选择……

互动27

A 直接从正门进，用鼓鼓的荷包震慑龟公。 进入80号剧情

局内人模式推荐选择 ▲

B 从后门偷溜进去。 进入81号剧情

C 直接放弃。
- 你可以选择跳回74号剧情的互动24 →
- 也可以直接进入86号剧情 →

80号剧情

你直接从大门大摇大摆地走了进去，揽客的龟公们一见你的穿着打扮，再看你一脸稚气，以为是哪家的公子偷溜出来初尝禁果，赶忙迎了上去："小爷看着面生，是第一次来吗？"

"你管我是第几次？"你摆着谱儿说，"我问你，你们这儿的头牌是谁？"

你了解李海潮的脾气，什么都要最好的。

龟公连连作揖："对不住您，艳梅姑娘今天不接客。不如让幽兰姑娘陪陪您？她也是琴棋书画、吹拉弹唱样样精通哇。"

你人虽小，但也知道这是头牌在接待大恩客时常用的托词，于是没多说什么，随便赏给他几枚大洋："小爷我得仔细看看，找个合眼缘的。"

"您一看就是内行，咱们院的群芳谱请您一观！"龟公领着你

来到一个类似画报栏的精美展板前。

群芳谱，也称'花报'，是青楼跟影院学来的摩登玩意儿，能登在上面的都是青楼里的当家门面，供客人参考挑选。你看到上面印着"四大花魁"，排在第一的就是"艳梅"。你看她名字下的银版照片，倒确实是个令人心动的美人，只是觉得有点面熟。你仔细想了想——这女人竟有六七分像林霜梅！

你赶紧移了目光，看到她的房间是三楼的"傲雪阁"后，便假装闲逛，偷偷溜了上去。

提示：本轮访问三个地址时获得的能力值均可叠加！

能力值+1

此处触发8号蝴蝶效应，你获得8号蝴蝶效应剧情卡——【头牌花魁】。

当接下来的剧情中出现"头牌花魁"这句话时，你可以进入93号剧情。

刚走近"傲雪阁"，你就听到里面传出令人面红耳赤的呻吟声。

你选择……

互动28

A 你直接闯了进去。 进入82号剧情

B 非礼勿视，你选择离开。
- 你可以选择跳回74号剧情的互动24 →
- 也可以直接进入86号剧情 →

局内人或多情客模式下，推荐选择回到74号剧情的互动24。 ▲

81号剧情

你来到烟柳院的后门，与前门的灯红酒绿相反，这里腌臜而阴暗。角落处有几间狭窄但结实的小屋，连窗子都没有，只听见女人幽幽的哭泣声从里面传来。你知道，这才是申滩浮华外表下的真实面目。

你瞅准一个小门，就要偷溜进去。

刚准备撬门，你后面领子一紧，已经被人掐着脖子拎到了半空。你一回头，只见几个彪形大汉把你围住，赤裸胸膛上斧头的文身危险地抖动着："哪里来的小赤佬！不给钱从后门溜出去的我见得多了，你从后门溜进来，是想看活春宫啊？"

叫骂声中，你被摔在了污水坑里，然后又是被人一顿拳打脚踢……

游戏失败

青楼的后门，是它最黑暗、最危险的地方。
二少爷你何必冒这种不必要的险？

82号剧情

你推开"傲雪阁"的门，只见一张西式大床上，一对男女正在行那不可描述之事。

惊觉屋子里闯进了人，女人首先尖叫起来，接着，一队彪形大汉闻声赶来，不由分说，按住你就是一顿毒打。

你被打得奄奄一息，他们才住手。

然后，一双大脚站在你面前。

你吃力地抬起脸，只见李海潮正冷笑着俯视你："好大的雅兴，爷来快活你也要看？也罢，好歹你也是开了眼界才走的……"

从这天起，李府二少爷就神秘失踪了。也有人曾怀疑是大少爷为了铲除竞争者下的手，但他当天整晚都泡在青楼，确实没有作案的时间。

只是，二少爷当晚去了哪里呢？李府居然没有一个人答得出来。

游戏失败

青楼既是极乐的销金窟，也是吃人的无间地狱。
在这里，无数年轻男女的生命像落樱碾入泥土般被吞噬。
若有人想杀你，这里倒是绝好的犯案场所。

你来到粤秀路31号的小屋。这里沿街一带大多是出租屋，来往人员用一个字来形容就是"杂"。既有来淘金的洋人冒险家，也有为了省钱来此租房的穷学生。

在这种龙蛇混杂的地方，连李海潮都低调起来，脱掉了他那身半中半西的打扮，换上半旧的布衫，连手腕上那块金表也摘了下来，俨然成了一个讨生活的普通青年。他手里端着一笼德兴馆的小笼汤包，七拐八转，就进了小屋里。

你不敢贸然闯入，站在角落里耐心等待。过了一会儿，李海潮出来了，警惕地张望了一阵子，这才关上门离开。

看着他消失的背影，你选择……

互动29

> **A** 进入小屋查看情况。
>
> 进入84号剧情
>
> 局内人模式推荐选择 ▲

> **B** 没什么好看的，你选择离开。
> - 你可以选择跳回74号剧情的互动24 →
> - 也可以直接进入86号剧情 →

没费什么力气，你就打开了小屋的门。里面是小小一间，虽然简单，却收拾得相当整洁，显然有人经常打扫。

提示:本轮访问三个地址时获得的能力值均可叠加!

能力值+1

小屋里只有最基本的日用品,木板床上,睡着一个人,头脸都藏在了被子里。

这人是谁?若是李海潮金屋藏娇,怎么可能把女人安置在这么简陋的地方?可若不是,他又怎么会贴心地买小笼包亲自上门探望呢?

此处触发9号蝴蝶效应,你获得9号蝴蝶效应剧情卡——【粤秀路31号】。

当接下来的剧情中出现"粤秀路31号"这句话时,你可以进入91号剧情。

你蹑手蹑脚走到床边,想看清楚这人到底是谁。

正在这时,门外忽然响起了急促的脚步声!

你选择……

互动30

A 很可能是李海潮,你决定迅速通过窗子那里离开

- 你可以选择跳回74号剧情的互动24 ↗
- 也可以直接进入86号剧情 ↗

局内人或多情客模式下,推荐选择回到74号剧情的互动24。当然,如果之前两个地址你已经访问过,则可直接进入86号剧情。

B 李海潮刚走,怎么可能这么快就回来?你坚持打开被子。 **进入85号剧情**

你不去理会外面的脚步声，轻轻掀开了被子，终于看清床上那人的脸。

"竟然是……"

你惊讶的话语还没说出口，门已经被踹开，李海潮杀气腾腾地冲了进来。

他做的第一件事先是把被子重新盖上，然后转脸对你狞笑道："我一直疑心有人在跟踪我，所以杀了个回马枪，果然是你！你看到脸了？也好，至少让你死之前，还能做个明白鬼！"

从这天起，李府二少爷就神秘失踪了，没人能说得出他去了哪里。有人怀疑是大少爷为了铲除竞争者下的手，因为他说不出当晚有段时间自己在哪里。

可既然连李府都没有追究，巡捕房又怎么敢抓他回去问话？最终胡乱找了具无名尸体，说是二少爷酒后失足跌死，就算结案了。

游戏失败

没想到吧，看起来玩世不恭的李海潮也有小心谨慎的一面，可惜……你却没有。

86号剧情

又是令人心烦意乱的一晚。这天夜里，你一个人在屋子里辗转反侧。

李海潮让你小心李远，而李远又让你小心李海潮，但他们现在还不是你最大的威胁。你现在最焦虑的是，如何在三天之内，凑齐这一千大洋？

你觉得有些悲哀，若自己是真的李江流，这会儿开口，别说一千大洋，一万大洋也不过是零花钱。但自己作为一个冒牌货，怎么去解释这笔钱的用途？你不敢向任何人开口，因为任何人都可能起疑，继而戳穿你的身份。

正心急如焚时，屋外传来一阵乐声。这曲子沉静典雅，似乎很是克制，是西洋的音乐。

互动31

A 你忍不住出门，追寻乐声的出处。 **进入87号剧情**

局内人模式推荐选择 ▲

B 你现在没心思听音乐，赶紧睡觉吧。 **进入89号剧情**

你循着乐声，来到一座客房前。窗前影影绰绰，是一个高大健壮的人影，他凸出的大鼻子暴露了自己的身份——是冯博士。

你轻轻敲了敲门，门很快就开了。冯博士一身睡袍——他穿的睡袍都像西服一样笔挺——站在门口对你笑着说："江流！还没歇息呢！进来聊两句？"

你正有此意，点了点头，随他走入房内。屋内简单舒适，并没有太多的家具，只在房间一角，放着一个金色的大喇叭。之前你听到的乐声，就是从那里传出来的。

"有时候在老太爷那里太晚了，我就睡这里。"冯博士解释说，看你正好奇地盯着那台大喇叭，笑着说，"这叫'留声机'！把这张黑色的盘子——叫'唱片'的插进去，就能播音乐啦。"

"真好听！"你说，"这是Y国人的曲子？"

冯博士轻蔑地哼了一声："那群小岛上的严肃猴子？只不过出了个音乐天才，就觉得自己是欧罗巴最有文化的民族了。不不不，这首曲子的作者是D国人——才华横溢的理查德先生！告诉我，你从这首曲子里听出了什么？"

"一种悲伤……一种无力……"你皱着眉头说，"不过，渐渐地又有些欢快的节奏。但这欢快的节奏里……似乎也是隐藏着悲伤的。"

"非常好！"他用典型的外国人的手势打了个响指，"这首曲子叫作《Tod und Verklärung》！啊，翻译成你们的话，就是'死与净化'！"

"死与……净化？"你一阵心惊。

"忘了你们的本土文化。"冯博士理解地拍了拍你的肩膀，"死对于我们D国人来说，没有那么可怕！死亡，只是另一种形式的生命罢了。这首曲子一开始低沉，但是到了最后的高潮，会非常激昂宏大，那喻示着生命的净化，说明它以另一种形式延续下去了！"

洋鬼子的思想，果然和国人不一样。你似懂非懂，只是点了点头，继续观察那留声机。

只见大喇叭下面摆着一个黑色的中空圆盘，正不停旋转。随着它的转动，乐声便源源不断地从喇叭里传了出来。

"真是神奇！"你情不自禁地说，"就像是把一整支乐队都装进了这张盘子里！西方的物件，对东方来说，就像法术一样！"

"其实原理很简单。"冯博士耐心解释，"看到唱片上那一圈又一圈的细纹没有？那便是声音的'印记'。我们发现，声音其实是一种振动的波纹，只要能模拟波纹，就可以还原出声音来。那些又细又浅的，是高音；又粗又深的，是低音，合在一起，就是一首曲子。再用那尖尖的探头把它们读出来，我们便能身临其境般地听到了。"

你不由得问："那电影呢？"

"电影……也有一些相似的原理。"冯博士说，"简单来讲，如果音乐是用波纹来复制，那么电影就是用光线来复制。"

"照您这么说……"你喃喃道，"岂不是一切都是可以复制的？"

这一句话，让冯博士脸上所有的五官都跳起舞来，他的人也跳了起来："没有想到，我居然在这里找到了一个知己！"

他边说边来到书桌边，掏出一支精致的纯银小钥匙，打开抽屉，拿出一本紫色皮面的活页笔记本。

你的眼睛一碰到那笔记本，就移不开了。

那笔记本的皮面是深紫色的，你倒是想不出世上有哪种异兽的皮是紫色的。但它上面清晰的褶皱与毛孔，又不像是人造的，皮质介于坚硬与柔软之间，恍惚间竟似在微微颤动，如若活物。你望着它时，仿佛站在悬崖边往下看，有一种生理性的头晕目眩、惊心动魄，却又无法移开目光。你觉得它似乎在召唤着你，诱惑着你，命令着你打开它……

　　"啪"的一声，冯博士迅速打开这诡异的笔记本，抽出一张纸后，又将它合上了，然后他把这张纸递给你，示意你看上面的内容。

　　看完纸上的内容后，进入88号剧情 →

获得物品

一页笔记

本笔记是我在游历乙国时期，随手记下的一些奇思妙想，因此采用当地文字，以作纪念。

　　我身处一个伟大的时代。六百多年前，旅行家马可波罗到元大都，历经了四个寒暑。如今，一艘火轮船，就把我从母国带到了东方。中西方数千年各自发展的文明，于当代达到了极致的融合，古老的城市焕发新的生机，科技与文化如繁茂的枝叶般无限发展。更让我兴奋的是，科学远未达到顶点，未来仍有无尽可能。

　　曾经，人类的文明仅靠口耳与典籍来传承，现在，我们有了照片、胶卷和唱片，一切的美好事物都可以被全方位地复制和记录。于是我幻想，是否可以制造出这样一台机器，它的记忆力和运算力，都将超过人脑无数倍。它可以存放无数本书，也能够播放无数的音乐和电影！

　　当然，如果真能造出这样的机器，它的体积一定巨大无比，甚至超过火车或轮船。但也许有一天，它可能会比人类的脑袋还小，也许有一天，人们坐在自家屋子里，就能看上一场电影。

88号剧情

你看完这张纸，抬起头来，看着冯博士，觉得有些目眩神迷："难以想象……如果您真的发明出这样一台机器，那它能像人脑一般大小，也像人脑一样会记忆、会思考，却又比我们强无数倍？"

"思考……就有些难了。"冯博士说，"我们西方人可以让汽车跑得比马快，让潜艇潜得比鱼深，让飞机飞得比鸟高，但还没办法让任何一台机器哪怕比蚂蚁更聪明。思考，是这个世界上最神奇、最难实现的事。恕我直言，你们Z国人，很多人活了一辈子都不会思考。"

你沉默了。你也想不通，为什么这些比马快的汽车、比鱼深的潜艇、比鸟高的飞机，都是外国人造出来的。

"但是记忆……是可以复制的。"冯博士继续侃侃而谈，"人脑也像一部机器，记忆就藏在里面，只要我们把它找到。它也许是一段波纹？也许是一缕光线？也许是别的什么？只要我可以找到它，那么从理论上讲，一个人就可以永远活下去——只要他不停复制自己的记忆就可以了。"

"那您找到了吗？"

"哪有那么容易！"冯博士笑了，是一种神秘莫测的笑，"但总有一天，总有一天……"

提示：此时，如果李江流的能力值已达10点，则可以打开"月满大江流"剧情书，进入2号蓝色剧情。

如果能力值不足10点，你便结束对话，回屋睡觉，进入89号剧情。

大危机

CHAPTER FOUR

烦心的一晚就这样过去，醒来时，已是次日清晨。

是一阵轻柔的敲门声把你吵醒的。

你低声问："谁？"

"二少爷，该起了，老爷在大厅等您。"门外传来老何夹着小心的声音。

"什么事？"你问。

"主子们的事，小的不敢过问，老爷只是交代请您过去，没说其他的，小的也不敢私自揣测。"老何的回答滴水不漏。

"我这就来。"你回他后，下床忐忑不安地穿好衣服。

李远叫你又是什么事？难道……昨晚密会老王的事，还是被他查出来了？

一想到这儿，你的腿肚子就开始发软，但总不能现在就跑吧？再说了，即使逃跑，到嘴鸭子飞了的老王能放过你？

你咬一咬牙，以最快的速度整理好自己，跟着老何来到大厅。

大厅下首第一个座位，坐着的正是李远。他还跟平时一样，把自己笼罩在烟雾里。

他旁边坐着一个戴着金丝眼镜、身穿西服、脚蹬皮鞋、手里还拿着一根文明棍的人。你一开始以为他是洋人，等看清他的脸，听清他的一口本国话，才知道原来是个假洋鬼子。

那假洋鬼子的嘴很碎，叽里咕噜跟李远不知道说些什么，似乎也不过是些家常琐事，他非要搞得像是李远和他之间的小秘密。李远不胜其烦地偶尔点一点头，等到你进来，便说："来，见过申滩的大状——曹锦鸿曹律师。曹律师，这是小犬，李江流。"

曹律师扶着眼镜，像老木匠逢着块好木材一般，仔仔细细看了你好几眼，赞不绝口："这就是那位必有后福的李家二少爷吗？远爷，也只有您这样的虎父，才生得出这样的人中龙凤！正所谓天将降……那个什么在人身上，二少爷小时候吃的苦……"

这假洋鬼子拽起古文来乱七八糟，李远不耐烦地打断他："今天，是老太爷特意吩咐把曹律师请来的——他要立遗嘱。"

这么快？你一惊。又想起李远昨天对你说的话，整颗心不由得"怦怦"跳了起来。

不一会儿，老何跑来大厅通报："金探长到！"

曹律师屁股跟装了弹簧似的，刚坐下又蹦了起来，两只皮鞋跑得"噼里啪啦"，一溜烟跑出去。过了一会儿，他点头哈腰地把一个人迎了进来。

曹律师迎进来的人，是个将近三百斤的胖子。酒缸一样的大脑袋红通通的，只有三点是黑的：两个小黑点是眼睛，一个大黑洞是他的嘴。他这么胖，走路已经不太灵便，连脖子都不堪脑袋的重负，歪到了一边。可看似呆滞的小眼睛偶尔精光一闪，就让你知道，此人不是好相与的。

这人刚登场，连李远也站了起来，与他握了握手："大驾光临，蓬荜生辉！江流，快来拜见我们租界第一号人物——金厚廉总探长！"

你咽了口唾沫，胆战心惊地走上前去行礼。金探长精光四射的小眼睛看了看你，只是说："好，自古英雄出少年！"便不再说话了。

众人坐定后，李远环顾客厅，皱眉道："贵客已经登门，霜梅和海潮呢？赶紧把他们叫来！人不来齐，我怎么敢通报老太爷？"

不一会儿，林霜梅来了。她今天穿的是一件凤仙领的红色旗袍，仅是一小段露在外面的白皙颈子，就把一众男人都看呆了。她对金探长、曹律师依次施礼，又冲你略点了点头，这才对李远淡淡地说："这么大的事，我一个女人来做什么？"

"这么大的事，你怎么能不来？"李远反问，接着又把脸一沉，"那个不懂事的畜生呢？他算什么东西，敢让金探长等？"

"我是畜生，那父亲大人、母亲大人、亲爱的弟弟，又是什么呢？"熟悉的油腔滑调响起，李海潮一步三摇，走入大厅。他身后，还跟着一个人。那人的头都被包在围巾里，不见面目，所以走起路来跌跌撞撞的。

你看着那人滑稽的走路姿势，心中忽然腾起一种不祥的预感。

"这又是谁？"李远的眉皱得更深了，"我早就说过了，不要把你那些狐朋狗友……"

李海潮笑了，亲热地搂住那人："Good news！我是来给大家宣布一个好消息的！"

"什么好消息？"李远已经按捺不住要发火了。

"我呀，找到了……"李海潮神秘兮兮地说，"找到了我的弟弟、你的儿子——江流！"

"什么？"所有人都愣了，然后看向了你。

你自己也愣住了。

曹律师率先打破沉默，夸张地笑了笑，指着你说："哈哈，大少爷真风趣，二少爷不是站在这儿呢吗？"

"那个不过是冒牌货罢了！"李海潮厉声说，"各位，你们看好了！It is show time！"

他一把掀开那人的围巾，露出了他的脸。

众人一片惊呼。

你故作镇定，看向那人。

一瞬间，你觉得自己仿佛是在照镜子——那人围巾下的脸，竟与你长得一模一样！

唯一不像的地方，是他的眼睛。

他的眼睛又大又黑，就像深泉那么漂亮，但细看之下，瞳孔却

空无一物、死气沉沉，又像是没了水源的死水。

而他从唇齿间不停淌出来的口水，更证明了这是个智力低下的……白痴。

"李海潮！"李远终于发火了，"你是不是知道分不到财产，所以故意捣乱？"

"什么财产，我可没你在乎！"李海潮也吼了起来，"你看！"

他又撕开那白痴的衣襟，露出胸膛上，一块云朵形状的胎记。

你的脑袋"嗡"的一声，整个人都晕了。恍恍惚惚中，你断续地听见李海潮的声音"知道为什么……找不到……被人……下药……变成白痴……请爷爷……验明……假的……金探长你……依法……"

你死命掐了自己一把，终于回过神来，此时听见李远怒喝道："你当真要闹这出？"

"请金探长、曹律师为我真正的二弟做主！"李海潮已经不再看他，只顾向金探长深深一揖。

所有人的目光，又集中到了金探长的身上。

但作为能镇得住神鬼并行的租界的一方大佬，金探长又岂是无谋之辈，他面无表情，轻轻咳嗽一声："大少爷少安勿躁，我得多嘴问一句——这到底是家事，还是刑案？"

"这话怎么说？"李海潮问。

"矛盾的焦点，在于哪位二少爷是真的，对吧？"金探长不紧不慢地说，"那么现在就有两种可能。一，这位在府上已住了几日的二少爷是真的，那么大少爷许是认错了，许是被人骗，都无伤大雅。这，便是家事。"

"我怎么可能认错！"李海潮嚷了起来。

金探长示意他冷静："那这就到了第二种可能——大少爷带来

的这位二少爷是真的。若是这样，便是刑案——诈骗案。"

你颤抖着声音说："我不是骗子……"

金探长也没有看你，只是对着李远说道："听说，所有声称是二少爷的人，都得过老太爷这关？"

"没错。"李远点头。

"而这么多年，老太爷承认的，只有眼前这位二少爷？"

"对的。"

"那么金某不禁要问，老太爷是否有什么特别的法子，能够判断谁才是他的孙子？"

李远耸耸肩："探长是自家人，应该知道，这些年来，我与父亲生疏得很。他究竟是靠什么判断的，我真是不知。"

"老太爷腹内的乾坤，的确不是我们这些晚辈能揣测的。"金探长笑着说，"不过事情就简单了——直接请老太爷对两位二少爷再鉴上一回，不就得了？"

你恍然大悟，这人说了一大通，最终目的不过是把自己的责任全部撇清，鉴别真假二少爷的事，最后还是落到了李府头上，将来即使有什么纠葛，他也好脱身了。

"这也是没有办法中的办法，不然堵不上那逆子的臭嘴。"李远沉吟着说，"不过……老太爷现在身子骨弱，贸然把两个江流都带到他房里，恐怕会惊吓了老人家。"

"我有一个小建议，不知当否。"曹律师眯着眼说，"可以先把冯博士请到这里，把情况告知他，再由他转告老太爷，应是比我们说话管用得多。"

"也只能如此了。"李远苦笑着，令老何去请冯博士。

而李海潮像护着宝贝一样，把那白痴带到偏房，令小厮们把他团团保护起来。

这时，大厅里便只剩李远、林霜梅、金探长、曹律师和你。

你决定……

互动32

A 在这关键时刻，你就算孤注一掷，也得争取尽量多的人的支持。你决定与他们分别交谈。

a 李远
进入90号剧情

b 曹律师
进入94号剧情

c 金探长
进入101号剧情

d 林霜梅
进入108号剧情

B 你认为，决定权始终是在李老太爷手上，此时多说无益，于是决定静观其变。 进入110号剧情

提示：交谈对象可重复选择。局内人模式下，建议全部选择；

多情客模式下，既可全部选择，也可仅选择d进入108号剧情。

你来到李远面前，低声说："父亲大人，那个李江流是假的。"

李远忍不住笑了："我当然希望他是假的——不然你就是假的了。可是你有证据吗？"

互动33

| **A** | 无证据，对话结束。 |

- 选择A，你可以回到89号剧情的互动32 →
- 也可以直接进入110号剧情 →

| **B** | 有证据，对话继续。 |

粤秀路31号

局内人模式推荐选择 ▲

- 若你未取得相应蝴蝶效应卡，则无法选择该选项

91号剧情

"当然有。"你的声音压得更低，"您之前不是吩咐我去……"

"去哪里？"李远立刻打断你，"我可什么都没吩咐过。"

你心下了然，立刻点头："是孩儿说错了，父亲恕罪。其实啊，是我昨天看完电影，发觉大哥行动诡异，于是自作主张，跟了过去。"

"哦？原来是这样。那你看见了什么？"李远问。

"我发觉大哥租了粤秀路31号的一处小屋，应该就是这冒牌货的藏身处。可是，如果此人是真正的李江流，大哥为什么不第一时

间带到府里让他与家人团聚呢？为什么非要挑立遗嘱的关键时刻带过来？显然只是想搅局而已！"你愤愤不平地说。

"你说得倒有道理，到时一查便可知晓。"李远淡淡地说。

支持度+1

提示：本轮谈话的支持度可叠加计算！

"对了，昨晚你还看到了些什么？"李远又故作不经意地问道。

你回答……

互动34

A   我还去了外商总会。

蝴蝶效应
神枪手

未取得相应蝴蝶效应卡的，无法选择该选项！▲

B   我还去了烟柳院。

蝴蝶效应
头牌花魁

未取得相应蝴蝶效应卡的，无法选择该选项！▲

C   没有了。

- 选择C，你可以回到89号剧情的互动32 ↗
- 也可以直接进入110号剧情 ↗

局内人定多情客模式下，建议不要触发A或B的蝴蝶效应，直接选择C。▲

提示：这是一个影响深远的决定，请慎重选择。以下选项中，若您没有进入相立地址，则不可选择。

"我还去了外商总会。"你说，"听说……大哥偷偷在身上藏了一支手枪！"

李远皱起了眉："他藏这种凶器干什么？万一被有心之人利用，岂不是又落人口实？"

"孩儿以为，在这种敏感时期，我们……都要小心！"你意有所指地说。

"你的意思是他想……"李远冲你看了一眼，接着又叹了口气，"我最不愿看到的，就是手足相残。也罢，我会留意的。"

支持度+1

提示：本轮谈话的支持度可叠加计算！

此处触发11号蝴蝶效应，你获得11号蝴蝶效应剧情卡——【枪乃凶器】。

当接下来的剧情中出现"枪乃凶器"这句话时，你可以进入141号剧情。

◆ 你可以回到91号剧情的互动34 ⤳

◆ 也可以直接进入110号剧情 ⤳

"我还去了烟柳院。"你说，"大哥似乎是里面的常客。"

李远笑了："这也算新闻？"

你斟酌着字句："他光顾的是里面一个叫作'艳梅'的头牌，那个女人……竟和母亲夫人长得有几分相似。"

出乎你的意料，李远并没有表现出惊讶或愤怒，只是皱着眉说："这件事情，不准同任何人再提起。"

"儿子知道。"你忙说。

支持度+1

提示：本轮谈话的支持度可叠加计算！

- 你可以回到91号剧情的互动34 ⇥
- 也可以直接进入110号剧情 ⇥

94号剧情

"曹律师。"你来到曹锦鸿面前，故意皱着眉说，"我哥此时整这出，也不知是何居心。"

曹律师脸上挂着职业化的笑容："我不知道，也不敢乱猜。我只是个代理人，替主家办事而已，主家让干什么，我就干什么，其他的事，我没资格管。"

"曹律师谦虚了。"你说，"以您的才华，李家将来依仗您的地方极多。只要您愿意支持我识破假冒者，那么……"

互动35

A 重金酬谢。 进入95号剧情

B 拓展业务。 进入96号剧情

局内人模式推荐选择 ▲

95号剧情

"我将重谢一万块大洋!"你开出了诱人的价码。

你本以为曹律师这种人会见钱眼开,没想到他只是淡淡一笑,说:"二少爷真是大方,但我是专业人士,从来只收手续费,其他的额外费用,是一概不收的。"

沟通失败

- 你可以回到89号剧情的互动32 →
- 也可以直接进入110号剧情 →

96号剧情

"只要您支持我,我可以让您成为申滩第一大状!"你说。

"哦?"曹律师微微透出感兴趣的意思。

你接着说:"您在洋鬼子开的律师行里头办事,想必也压抑很久了吧?申滩明明是咱们国人的地盘,可为什么各行各业的大佬却都是洋人?不过我们李家,在华人商会毕竟是有一定发言权的。日后,我定向爷爷与爹爹建议,以后咱们本国人的官司,就得由本国人来打！到时，您完全可以自立门户，成立申滩最大的华人律所！"

"没想到二少爷跟我一样，都是爱国人士！"曹律师惊喜地说，"您别看我这样，洋装虽在身，可我的心是爱国心！我一生最大的志愿，就是赚本国人的……哦不对，是为本国同胞服务！"

支持度+1

提示：本轮谈话的支持度可叠加计算！

曹律师对你的态度立马转变，话也变多了。
你还想聊什么？

互动36

A 你还想聊……

a 李远
进入97号剧情

b 李惊霆
进入98号剧情

c 李海滩
进入99号剧情

d 林霜梅
进入100号剧情

B 你已经掌握了你想要的信息。 回到89号剧情-互动32

提示：本次互动可以重复选择，如果想体验完整剧情，建议全部选择！

97号剧情

"不知您近年来与家翁合作得如何？"你问。

曹律师说："惭愧，我执业才十年，李老爷叱咤风云的时候，我还在Y国读法律呢！不过李老爷手段之高超，我早就如雷贯耳，当年申滩几个著名的商业合并的方案，都是他一手促成的。据说对方还有人诉上了法庭，请的还是洋律师，却还是没告得过李老爷。钦佩，钦佩！"

李远曾经的辣手，你已经听得多了，不禁问道："以曹律师的消息灵通，不会只知道这么一点儿吧？"

曹律师笑了笑："其他真没什么了，哦对了……听说李老爷曾经花好几万英镑，托人从伦敦定制了一杆蟠龙大烟枪回来。喏，就是他手上那支，真是大手笔，我几年也赚不了这么多……"

回到96号剧情的互动36继续谈话 →

98号剧情

"不知曹律师亲眼见过我家爷爷没有？"你问。

曹律师说："李老太爷自从身体抱恙，一切命令就都通过冯博士传达，我还没有机会拜望。不过我倒是认识一位岛国建筑师，多年前曾帮老太爷设计住所，前前后后足足谋划了大半年时间！"

"就是现在爷爷住的那间吗？可那只是个简单的小屋，怎么会设计那么久？"你有些疑惑。

"我也很好奇。"曹律师摊手笑道，"可惜这个问题，他已经没办法回答你了。"

"怎么？"

"他已经死了。"

"怎么死的？"你微微一惊。

曹律师耸耸肩："也是倒霉，半夜喝醉了酒，掉进了金浦江。等浮上来时，已经是第二天了。这岛国人啊就是这样，平常看起来一丝不苟的，一到晚上，喝了酒就变成疯子！"

回到96号剧情的互动36继续谈话 ⇗

99号剧情

"你觉得我哥这人怎样？"你问。

曹律师苦笑道："我在Y国读书的时候，大少爷正好刚被送到伊顿公学。那中学以管理严格著称，却还是管不住大少爷这尊大佛。他当时还瘦瘦小小的，可打起架来，那些膀大腰圆的洋孩子都不是他的对手。但这些孩子都是来自Y国的精英家庭，被打以后，他们的父母联名向校方讨说法。华侨会的会长顾铭鸿先生，为了大少爷不知道赔了多少笑脸，最终还是给退了学。"

回到96号剧情的互动33继续谈话 ⇗

100号剧情

"不知您与我母亲可有来往？"你问。

一提到林霜梅，曹律师的眼里也发出了光："李太太简直是所有男人理想中的妻子！既有西方人的优雅大方，又有东方人的温柔含蓄！Extraordinary charming！"

他接下来又说了不少赞美的废话，你听得有些不耐烦。

回到96号剧情的互动36继续谈话 ⇗

101号剧情

你走到金探长面前，恳切地说："探长大人，请您一定要为我做主，把这个冒充我的白痴抓起来！"

"放心，我们一定依法办事，不枉不纵。"金探长打着官腔说。

"您真是我们的父母官！"你说，"只要您能主持公道，那么……"

互动31

A 重金酬谢。		进入102号剧情
B 帮助升迁。		进入103号剧情

局内人模式推荐选择 ▲

102号剧情

"我将奉上一万银洋，聊表敬意！"你说。

金探长那张黑脸更黑了："二少爷休要折辱我，身为人民公仆，怎么能收钱呢？为官者，有一字时刻记在心，曰之'廉'！"

沟通失败

- 你可以回到89号剧情的互动32 ↗
- 也可以直接进入110号剧情 ↗

103号剧情

"您这样的豪杰，区区一个总探长实在太委屈了。"你说，"李家与F国公使向来交厚，什么时候这个白痴骗子被揭穿，遗嘱定下来，我一定求着爷爷给公使去一封正式的函，强烈建议他更加重用您！"

金探长淡淡一笑："生死有命，富贵在天，其实金某忝居此职，已经觉得德不配位了。不过嘛……如果能更好地服务申滩民众，也算是实现我为官的小小心愿了。"

支持度+1

> 提示：本轮谈话的支持度可叠加计算！

金探长对你另眼相看起来。
你还想聊什么？

互动38

A 你还想聊…… ▼

a
李远
进入104号剧情

b
李惊霆
进入105号剧情

c
李海潮
进入106号剧情

d
林霜梅
进入107号剧情

B 你已经掌握了你想要的信息。 回到89号剧情-互动32

> 提示：本次互动可以重复选择，如果想体验完整剧情，建议全部选择！

104号剧情

"唉，就是不知道爹爹对这场闹剧，到底看法如何！"你故意苦恼道。

金探长微笑着说："二少爷无须烦恼，李老爷当年可是申滩顶尖的人物，我还是小巡捕时，就颇受他的照顾，此事是真是假，相信他一看便知。不过嘛，不瞒你说，贵府牵涉的几件案子，若没有我秉公办理，恐怕以李老爷这般尊贵的人儿，也少不得要睡几天牢房。"

"金探长对我家实在太照顾了。"你说。

"惭愧，惭愧。"他摆了摆手，"当年您被歹人掳走，我们巡捕房可是失职得很。那之后，与李老爷的缘分，也就慢慢淡了，虽然承他逢年过节还念着我，但已经聚得不多了。"

跳回103号剧情的互动38继续谈话 →

105号剧情

"如果老太爷相信我，一切就好办了。"你憧憬着说。

提及李惊霆，金探长脸上罕见地出现既敬且畏的神色："李老太爷不是凡人，也非我可以妄自揣测的。但是……"他欲言又止。

"探长但说无妨。"他越是遮遮掩掩，你就越是感兴趣。

他转了转眼珠，说："金某虽是官家的人，但也不得不承认，申滩的流浪汉，也太多了点，已经影响市容了。"

你迷惑地点点头，不知道他为什么忽然谈起了市容市貌。

"可有意思的是……"金探长神秘一笑，"霞飞路上……或者说1293号附近这一段，连一个流浪汉都看不到。"

"说明探长格外照顾，给我家落个清净。"你还是没猜透他这

132

个话题的意义。

金探长摆了摆手："二少爷谬赞了。这些流浪汉流离失所，身上还脏得要命，稍微踢几脚，说不定就一命呜呼，再被小报记者一报道，麻烦得很，所以只要上头没发话，我们巡捕房向来是眼不见为净的。更何况，霞飞路是富人区，这些穷鬼逢年过节，肯定是要来讨几毛赏钱的，赶走了还会偷偷摸摸回来。但贵府门口，连大年初一也看不到一个叫花子，您说怪不怪？"

你没有搭话，你如今已经习惯他的套路——当官的人说话就像在走一条小巷，不拐十七八个弯儿是到不了目的地的，一不留神，还可能迷路。

金探长继续说道："不过呢，弟兄们经常会在一些奇怪的地方，发现一两具尸体。从体型和衣着，一看就知道是流浪汉，死也就死了。可是，他们却有两个共同点。第一个嘛，就是脑门上有一圈奇怪的伤口，仵作发现，他们的脑袋……"

"怎么？"你不禁问。

金探长嘴角微微一动："接下来的就涉及案情，恕金某不便告知了。"

你点头不语，不由得想起入府那天晚上，角落里遇到的那具假冒者的尸体。

注意到你的表情，金探长不动声色地继续说下去："第二个共同点，就是……他们死前，都曾出现在贵府附近。"

你勉强笑了一下："探长总不会怀疑我爷爷是杀人凶手吧？"

金探长打了个哈哈："二少爷说笑了，老太爷怎么会干出这种事？"

金探长忽然又深沉起来："我怀疑的是那个洋人。金某负责租界的治安，跟洋人打交道可不少，这些人，一个个号称自己是文明人，其实就是一群野性未除的番邦鬼子！他们中的传教士，比起祈

133

祷布道，其实更喜欢通奸敛财；他们中的军人，比起上阵破敌，其实更喜欢杀人越货；他们中的医生，比起治病救人，其实更喜欢用活人做实验……"

"您是在暗示……"你压低了声音。

金探长说："二少爷你失踪后不久，老太爷就得了重病，来看的中医，都摇着头说活不过三个月，之后，又请了这位洋大夫。结果老太爷活了多长时间？十二年了！还好好的！若说这洋人没使什么妖法，我是不相信的。"

"金探长为何告诉我这些？"你决定让他直接开门见山。

金探长一笑："原因很简单，我是给F国人做事的，而F国人，是不喜欢D国人的。更何况……老太爷身边若少了这么个妖人，二少爷你继承家业岂不是更顺利？"

听了这话，你心中蓦地一跳。

跳回103号剧情的互动38继续谈话 ➤

106号剧情

"大哥在这个节骨眼找出这么个活宝来，不知是真的被奸人所骗，还是自己恶作剧。"你轻声埋怨着。

金探长晃了晃脑袋："提到贵府这位大少爷，我就头疼。一天到晚不是在青楼争风吃醋，就是在赌坊跟人斗气，把人打死打残，那都是家常便饭。我受着府上的恩，每次都不得不亲自出马才能摆平。还是二少爷你知书达礼，金某省心多了。"

跳回103号剧情的互动38继续谈话 ➤

107号剧情

"母亲大人至今一言不发，不知道会不会也相信大哥的话。"你说。

金探长一声冷笑："嘿，我金某平常只说三分话，但与二少爷聊得投契，就多嘴说一句，这个女人……可是有很黑暗的过去，我劝你不要信任她。"

"此话怎讲？"你不禁问。

金探长却闭上了眼睛，不再说话了。

跳回103号剧情的互动38继续谈话 ➤

108号剧情

正当你准备走向林霜梅时，她却端着一杯茶，主动向你走来。

"别怕，喝口水。"她低声说，声音虽然还是淡淡的，却隐隐还是有一些关切之情在内。

你接过茶水，抿了一口。清新的茶香，竟让你的心真的安定下来。

林霜梅又凑近了你，轻轻问道："你……究竟是不是李江流？"

说完这句话，她恳切地看着你，眼神里竟有一种说不清道不明的复杂情感。在这一刻，没有理由的，你竟觉得她是完全可以信任的，甚至可以帮助你。

但是，她真的可以信任吗？

你心念电转，回答……

互动39

A	我是。	**进入109号剧情**

B	我不是。	**进入113号剧情**

多情客模式推荐选择 ▲

109号剧情

"我是真的李江流！"你回答她，同时也是故意回答给别人听，"既然哥说那个人是李江流，好，那就让爷爷来裁定！"

林霜梅看着你，眼中似乎有一丝星光被云遮住了。她恢复了惯常那清冷的样子，略一点头，说："那就好。"

进入110号剧情 ➤

110号剧情

这时，老何将冯博士迎了进来，他的身后还跟着个戴着鸭舌帽的青年，背上扛着一台黑溜溜的高脚机器。

李远欲言又止，先看着那人问道："这位是？"

冯博士笑着回答："老太爷请来的摄影师，拍张全家福，毕竟，今天是大日子！"

李远苦笑一声："恐怕……有些难拍。"

"咋啦？"冯博士好奇地看着众人，"齐了吗人不都？"

"没错，人是齐的。不只是齐……"李远叹了口气，"甚至还多了个'江流'。"

　　冯博士看到了你，也看到了人群中站在最后的白痴，蓝眼睛里呈现迷惑之色："到底咋啦？"

　　李远于是把他拉到一边，低声将事情复述了一遍。

　　冯博士也不笑了："知道了，跟我来吧。"

　　他一马当先，领着众人来到大宅最东边的小屋前。

　　还没进门，李远先把烟枪递给了老何，吩咐他躲得远远的，然后才极恭敬地走进门内。

　　冯博士率先来到里屋的床前，俯身与老人悄声说了很久，然后才直起身来，说：'老太爷请诸位都出去……那个孩子，留下来。"他指着白痴说。

　　众人面面相觑。

　　"那我呢？"你忍不住问。

　　冯博士笑笑："你，也得出去。"

　　众人又看向李远。

　　李远的右手下意识又要拿烟枪，抓了空后才反应过来，咳嗽一声，说："老太爷说什么就是什么，我们走。金探长，您受累，请。"

　　众人在大厅等待的这段时间里，最不安的，自然是你。万一那白痴真的是李江流怎么办？你该不该跑？你的眼睛扫着大门，情不自禁开始规划逃跑路线。但不小心瞥见金探长，他黑豆般的小眼睛正专注地盯着你。

　　你立刻不敢乱动了。同时，一个渺茫的希望在心底升起：万一老太爷弄错了呢？毕竟，他已经认错一次——认错了你。

　　等了很久很久，老太爷那边才把人又叫了回去。

　　只见老太爷还是睡在床上，似乎根本没醒来。而那个白痴，则呆呆傻傻地坐在桌子旁。

李海潮抢步站到那人身边，急切地问："怎样？爷爷有没有认？"

冯博士没有答他。

李远咳了一声，拱了拱手："博士，老太爷的意思是……"

冯博士这才回答："老太爷让我征询一下各位的意见。"

李远怔住了："我们就是因为拿不定主意，才……"

一声苍老的冷笑，打断了他的话。

冯博士又俯下身子，倾听片刻，然后说："老太爷说——'你是吃干饭长成这么大的吗？连这种小事都做不了主，难道什么都要我这个死老头子亲自过问？'——原话如此，老太爷执意让我一字不漏复述，远老爷请恕罪。"

李远苍白的脸上腾起红晕，干咳一声才说……

互动40

A	众人对你的支持度达到3点。	进入111号剧情

B	众人对你的支持度未达3点。	进入112号剧情

111号剧情

"老太爷之前已经认了你是江流。"李远看着你说，"既然他问我的意见，那我的意见就是尊重他的意见。"

李海潮一声冷笑："果然如此。"

被窝里传来沙哑的人声。

"金探长的意见呢？"冯博士代为发问。

"此为家事，金某不便多言。"金探长咳嗽一声说，"只要不是刑案，我便乐见一家和睦。"

"曹律师您呢？'

曹律师立刻说："还用问吗？我无条件支持老太爷和老爷！"

"好的，各位的想法我都了解了，那我便将老太爷最终的意思传达给列位。"冯博士说，"他说，真正的李江流是……"

你的心提到了嗓子眼。

他湛蓝的眼珠先回看一眼床上的老人，又在白痴和你之间看个不停：

"真正的李江流，是——他！"

他的手一伸，指向了你的方向。

"What？"又是李海潮第一个叫了起来，"可那是冒牌货啊！"

"啪"的一声，李远扬手给了他一巴掌："老太爷说是，还有假？"

李远又吩咐老何："这个白痴你先看住，不要再让畜生有机会接触他，又搞出什么幺蛾子来！"

老何忙把白痴带走了，李海潮则面如死灰，坐在白痴刚才坐的位子上。

正因如此，你才注意到，白痴曾坐的位子旁，摆着一盘牛排和一瓶洋酒。

就跟你入府当晚那顿西餐，一模一样。

曹律师搓着手，笑着打破沉默："一场插曲而已。大少爷也是为了这个家好……远爷，时间已经耽搁了不少，您征求一下老太爷的意见，咱们这就开始？"

进入116号剧情 ➔

李远咳嗽一声："我觉得，此事还应从长计议。海潮带回来的这孩子，身上颇多疑点，还是谨慎为妙。"

你的心一沉，知道他在暗示，"颇多疑点"的人其实是你。

李海潮则喜出望外："就是！可不要冤枉了好人！"

被窝里，传来沙哑的人声。

"金探长的意见呢？"冯博士代为发问。

"此为家事，金某不便多言。"金探长咳嗽一声说，"只要……正如李老爷所说，此事疑点甚多，不要最后变成一桩刑案，那就要叫各位为难、金某难做了……"

"曹律师您呢？"

曹律师将一脸事不关己的笑容高高挂起："我就是个拿钱办事的，主家怎么说，我就怎么办，不敢有什么意见。"

"好的，各位的想法我都了解了，那我便将老太爷最终的意思传达给列位。"冯博士说，"他说，真正的李江流是……"

你的心提到了嗓子眼。

他湛蓝的眼珠先回看一眼床上的老人，又在白痴和你之间看个不停：

"真正的李江流，是——他！"

他的手一伸，指向了那个白痴的方向。

你顿时呆住了。

"Excellent！这个家里毕竟还有明白人！"李海潮第一个跳了起来，"你们还愣着干吗？把这冒牌货给我扭送至巡捕房！"

几个小厮一拥而上，顷刻间把你摁住。

你拼命挣扎，拼命喊冤，屋里却没有一个人看你。

游戏失败

权与利的游戏里,没有盟友,就没有胜算。尽量争取更多的盟友,
你才能在李家获取足够的支持率,存活下来。

113号剧情

"我……不是。"你嘴唇颤抖着,用最低的声音说,"姐……
救我。"

林霜梅美丽的眸子闪烁了一下,在那一瞬间,她似乎思考了无
数的事。最后,她以一贯清清冷冷的态度,对你微微点了点头。

这时,老何将冯博士迎了进来。

冯博士看着众人,问:"人都齐了,咋还不到老太爷那儿去
呢?"

李远苦笑一声:"没错,人是齐的。不只是齐……"他又止住
了话头,准备把冯博士拉到一边私语。

"老爷,请稍等。"一个柔婉的声音说。

李远停住脚步,望向林霜梅。

她面无表情,对李远说:"可否借一步说话?"

两人对视一秒,李远常年迷迷蒙蒙的眼神忽然犀利起来,像云
雾散去,露出了浓雾笼罩下的冷冽湖水。他跟冯博士等人打了声招
呼,慢慢跟着林霜梅走进偏旁。

不一会儿,二人就出来了。李远重新坐回椅子上,叫了
声:"老何。"

"在的,老爷。"

"这个白痴……是假的二少爷。"李远冷着脸说,"你把他好

好看住，不要再让畜生有机会接触他，再搞出什么幺蛾子来！"

"What？"李海潮叫了起来，"你凭什么说他是假的？"

李远直接抄起手中的茶杯狠狠砸在李海潮身上，滚烫的茶水浇了他一身："找来一个白痴就想搅局，我看你才是白痴！老太爷已经认了江流，你再找一百个、一千个来，我也能说是假的！凭什么？就凭我还是你爹！"

李海潮满脸通红，面上青筋根根凸起，忽然瞪着林霜梅说："又是你这个女人搞鬼！"

"又对你母亲放肆！"李远吼了起来。

李海潮不理他，仍死死盯着林霜梅："你实话告诉我，他，到底是不是真正的李江流？"这回，他手指着的是你。

林霜梅没有看你，淡淡地说："你爹刚才已经说了，老太爷认的人，是不会错的。"

"哈哈哈哈哈！你说得对，老太爷说什么就是什么。他是天，是神，是李家的One True God！"李海潮忽然狂笑起来，又瞪向曹律师，"What are you waiting for？赶紧带着我们，还有这位童叟无欺如假包换的二少爷，去签遗嘱啊！"

曹律师讪笑着说："如此……就请远爷带路，我们去拜见老太爷吧。"

众人一起向东边的小屋走去。你有意落在后面，对林霜梅轻声说："多谢。"

她瞥了你一眼："而今的情况，你若真不是，会被海潮打死。我只觉你罪不至死罢了。何况，那人也不一定是真的。只是，总有一天，你得给李家一个交代。"

好感度+1

"是。"你心灰意冷地说，心中已在盘算什么时候找机会溜走。

　　忽然，你心中一动——这一切，是不是林霜梅设的局？

　　她固然救了你，可不也由此掌握了你的秘密？

　　她会不会以后借此来要挟你呢？

　　你又想到李海潮的那句话。

　　"又是你这个女人搞鬼！"

　　细思之后，你有了一个更恐怖的念头：

　　那个白痴，会不会就是她找来的，却利用李海潮借刀杀人？

　　如果真是如此，那她的心思，该缜密险恶到什么程度！

　　林霜梅瞥见你的表情不对，淡淡地说："怎么，现在怀疑是我搞的鬼？"

　　想法一眼就被她看穿了，你沉默着，不说话。

　　她脚步不停，一边走，一边轻声说："我平生不曾发过誓。今天免得你误会，倒要发个誓给你听：这人绝不是我找来的，我之前也不知道他的存在。若违此誓，天诛之。当然，誓言这种东西，也算不得什么数。你信也好，不信也好，不关我的事。"

　　你看着她无波无澜的表情，不由得说……

互动41

| A | 我信。 | 进入114号剧情 |

多情客模式推荐选择 ▲

| B | ……（沉默）。 | 进入115号剧情 |

"我信。"你说,"不知为什么,我就是对你有一种奇怪的信任,不然……刚才我也不会对你说实话。"

林霜梅清亮的眸子终于看了你一眼,眼神中罕见地出现一丝暖意:"深宅之中,人心叵测,你能信任我,我很感激,至少今天,我没有辜负你这份信任。好了,快跟上吧。"

好感度+1

众人来到大宅最东边的小屋前。

还没进门,李远先把烟枪递给了老何,吩咐他躲得远远的,然后才极恭敬地走进门内。

小屋里,床上躺着李老太爷,床边坐着的自然是冯博士。可外厅还站着一个人,对着台黑溜溜的高脚机器,忙得不亦乐乎。

李远站住了脚:"这位是?"

冯博士笑着站起来回答:"老太爷请来的摄影师,拍张全家福!毕竟,今天是大日子!"

"对,今天是大日子、好日子!"李远一边应和,一边盯着李海潮,"今天谁要给老太爷找不痛快,我便饶不了谁。"

李海潮面无表情地玩弄着他那块金怀表。

曹律师搓着手,笑道:"远爷,您征求一下老太爷的意见,咱们这就开始?"

进入116号剧情 →

你没有回答，但有时候，沉默也是一种回答。

林霜梅的脸上，并没有流露出失望或愠怒的表情，只是说："深宅之中，人心叵测。你不信我，也是常情。但你至少也曾信过我，而至少今天，我没有辜负你这份信任。好了，快跟上吧。"

众人来到大宅最东边的小屋前。

还没进门，李远先把烟枪递给了老何，吩咐他躲得远远的，然后才极恭敬地走进门内。

小屋里，床上躺着李老太爷，床边坐着的自然是冯博士。可外厅还站着一个人，对着台黑溜溜的高脚机器，忙得不亦乐乎。

李远站住了脚："这位是？"

冯博士笑着站起来回答："老太爷请来的摄影师，拍张全家福！毕竟，今天是大日子！"

"对，今天是大日子、好日子！"李远一边应和，一边盯着李海潮，"今天谁要给老太爷找不痛快，我便饶不了谁。"

李海潮面无表情地玩弄着他那块金怀表。

曹律师搓着手，笑道"远爷，您征求一下老太爷的意见，咱们这就开始？"

进入116号剧情 ➤

145

李远跪在床边，恭恭敬敬地说："爹，请您示下吧。"

躺在床上的李老太爷犹豫了很久，仿佛下了很大决心，吐出几个重重的音节。

冯博士听到后，神色凝重起来："老太爷，你确定？"

老人发出表示肯定的"嗯嗯"声。

冯博士叹了口气，站起身来，再度走进右边那个常年锁着的小屋，回来时，手中珍重地捏着一个装有灰白色液体的药剂瓶。然后，他按照刻度，检查再检查，这才往床边的铁箱子里滴了几滴，并按下箱子外侧一个小小的红色按钮。

片刻后，惨叫声再度回荡在小屋里，但大家似乎已经有些习惯了，只是低下头来，耐心等待叫声逐渐结束。

当叫声停止，老人忽然利落地从床褥里坐了起来，一开口，竟是清晰无比的四个字："还等什么？"

老何赶紧唤来几名壮健的女佣，小心翼翼地为老人穿上衣服，将他抬到了椅子上。

老人穿的是前朝的衣物，极华贵、极宽大，身子却极瘦小，这就让他看起来像一个畸形的洋娃娃。但没人会觉得他滑稽，一堆壮年、青年、少年之人恭恭敬敬地站着，聆听这行将就木的老人说的每一个字眼。

事先准备的文房四宝已经在桌面上铺好，既有本国的毛笔和宣纸，也有外国的钢笔和白纸。

冯博士脱掉黑色西装，卷起了白色衬衫的袖口，口中说着"献丑了"，身子坐了下来，以标准读书人的姿势握住了手中的笔。

李惊霆用沧桑细弱但无比坚定的声音说："吾，李惊霆，字承露，东乡人士。生于前朝。是年，长毛军破江州大营，苏北大乱。

146

吾自幼颠沛流离，尝透人生百苦。后随商旅为佣三年，明觉所谓商道，不过'六亲情绝、贩贱卖贵'八字真言而已。遂自为商，几起几落，终得巨万家资，孰得孰失，唯自心知。近年来，吾衰老疲病，颇有大厦不支之叹，自知于时无多矣。今立遗嘱，教与儿孙知道：吾死之后，家财尽归胸有'从云'之人所有，其余子孙均无权继承。旁人不得置喙！"

他这话一出，李远和林霜梅倒没有表情，李海潮的脸已经比墨水还黑。曹律师则立刻眼巴巴地盯着你，连金探长看你的眼光也有所不同。

老人说完后，冯博士把写了满页工整小楷的宣纸高高举起，展示给在场众人。接着，又另在一张洋白纸上，用钢笔写下一行行花体英文。曹律师仔细看过，确认是方才遗嘱的英文版，翻译得无一错漏。

接着，曹律师又拿出一张长长的单子，朗诵般逐个念了下去。你只听到一大串位于繁华地带的房产，一个数目大到令人心惊肉跳的银行存款，一长篇如诗文般华丽的珍藏品目录。此外，还有几笔款项，被特别声明用来分给李家其他人，虽然不是巨款，但也足够让人舒舒服服过上一世。

念完，曹律师对着你和李远、李海潮说："以上就是贵府的全部财产了。对于李老太爷的安排，各位爷可有异议？"

你自然不便表态。李远脸上的表情则波澜不惊，这偌大家产就此与他无缘，他似乎也无所谓："这跟老太爷之前的决定一样，我跟之前一样支持他。"

李海潮气喘如牛，把牙齿咬得"咯咯"作响，瞪着老人说："我只有一个要求——李家的财产，只能落到李家人手上！只要这一点能达到，我一分钱不拿，又有什么所谓？"

老人微一点头："爷爷以性命担保，这笔钱……最后一定是属于真正的李家人。"

　　不知为什么，他特意将"真正的"这三个字说得格外重。而李海潮听了后，像被人打了一拳，不由自主地退后一步，才说："既然这样……我就没什么好说的了！"

　　"大家都没有异议。"曹律师笑眯眯地说，"就请各位在冯博士、金探长和鄙人的见证下，签字画押吧。"

　　他像捧着圣旨一般，把两张遗嘱书高举过顶，先献到李惊霆面前。老人颤抖地写下了名字，大拇指蘸了蘸红印泥，按下指纹。

　　接着是李远，他认认真真签了名，也按下了指纹。

　　然后是李海潮，他留下鬼画符般的签字，拇指在纸上一抹，就算了事。他站到一边，死命用丝巾擦拭手指，仿佛刚才碰到了什么不洁的东西。

　　最后是你，你怀着几乎是虔诚的心情在遗嘱最下方签字画押。看着那四个斑驳的红色螺旋，你仿佛看到后半生的生活花团锦簇地盛开了。

　　忽然，李海潮那枚歪斜的指印竟变幻成老王的脸，正歪着嘴对你凶狠地笑着。你悚然而惊，意识到真正的危机还没解除。

　　冯博士、金探长和曹律师也在"见证人"一栏签下了名字。金探长和曹律师又寒暄了几句就走了，走时衣兜里揣满了"茶钱"。

- 获得物品 -

遗嘱

可查看道具

李哈靈

一张遗嘱

李惊霆的兴致还没退，他对李远说："还记得多年前咱们曾拍过一张全家福吗？没想到，拍后不久，你老婆就走了，江流也丢了。如今江流好不容易回来，你又续了弦，咱们总算又是圆满的一家人了。来，师傅，给我们拍一张。"

"好嘞！"立遗嘱时，摄影师在外候着，此刻他架好相机，要把众人都纳入取景框内。

"慢着。"李惊霆说，"托你带的东西，你带了吗？"

"李老太爷的吩咐，自然是头等大事。"摄影师殷勤地拿出一个用牛皮纸包着的物件，"不是我吹，全申滩也只有咱们一家店，把每一位重要客人的底片都留着，换了别家，别说十二年前，就是几个月之前的相片也给您弄丢咯！"

李惊霆对着儿孙们解释道："当年江流失踪，我一发火，不是让人把全家福都烧了吗？如今江流既已回来，我便派人又请照相馆新洗了一张。师傅，你就按着这原来的姿势，给咱们照样再拍一张。"

"哎哟，老太爷，您时髦！"摄影师竖起了大拇指，"现在这么拍，可流行，可有纪念价值啦！"

他灵感大发，对着旧照片，让这个把头抬抬，那个把背挺直，折腾了好一会儿。后来是李海潮砸了他一台镁光灯，他才哭丧着脸迅速拍完了。老何塞了一摞银洋给他后，他又破涕为笑。

拍完照片，李惊霆突然像耗尽了全部力气，整个人瘫软在了椅子上，喉咙里再次发出令人头皮发麻的"咯咯"声。

冯博士赶紧扶住他，回头对你说："老太爷倦了，你们请回吧。江流，老太爷让你留着这张旧照片，新拍的那张，到时也送到你那儿去。"

这吩咐虽然简单，却大有深意。你接过摄影师递来的合影，低声说："好的，爷爷，我一定好好保管。"

获得物品

可查看道具

这张照片摄于十二年前。李惊霆居中，李远和夫人站在他右手边。李江流和李海潮站在他左手边。

一张黑白照片

进入117号剧情 ↗

浮尸金铺

CHAPTER FIVE

117号剧情

第二天天没亮，你就醒了。

经历过昨日一整天的"夺产之争"，你虽然终于名正言顺地获得了继承人的地位，但丝毫没有缓解你眼前的危机——老王给的期限，只剩下不到两天时间，而你全身上下，只有老太爷赏赐的不到一百块大洋。

如何凑到一千大洋？你痛苦地思索着。

互动42

| A | 蝴蝶效应：寄居者。 |

局内人模式推荐选择 ▲

| B | 求助于…… | ▼ |

a 林霜梅
进入118号剧情

b 李海潮
进入119号剧情

多情客模式推荐选择

c 李远
进入120号剧情

d 李惊霆
进入121号剧情

| C | 去他的老王，我才不管。 | 进入122号剧情 |

你想过很多办法，最终得出一个令人绝望的结论——凭你一己之力，是不可能凑到这一千大洋的。鬼使神差地，你来到了林霜梅的房间门口。

老爷和太太多年前就分房而睡，这在府里已经是公开的秘密。你轻轻敲门之后，房内传来一个淡淡的声音："谁？"

"是我，江……"你忐忑回答，想了想，还是没说出自己的"名字"。

门很快就开了，先是传来一阵清新的香气，然后是林霜梅不施脂粉地站在你面前。

卸去了那些铠甲般的脂粉，你发现她其实仍是个很年轻的女子，小巧的鼻子和嘴唇甚至还带着一点稚气，但她的眼睛却是苍老的，仿佛一个入土半截的老妇，对人生只剩无奈和忧伤，而无其他激烈的情感。

"找我什么事？"林霜梅礼节性地问。

你犹豫了半天，开口道："我想……找您借钱。"

"多少？"

"一……一千。"你的声音很小。

她的眉毛轻轻一抬："要这么多干吗？"

你嗫嚅着说："关于理由……可不可以以后再告诉您？"

林霜梅看了看你的眼睛："稍等。"然后把门关上了。

片刻后，她打开门，将一个钱袋交给你："一千元，你点点。"

"不用了，谢谢您。"你觉得自己很丢人，拿了钱袋就转身要走。

"等一下。"林霜梅却叫住了你。

153

你不得不站住了。

林霜梅叹了口气："如果你不是江流，还是早点离开吧，这里，并不是正常人能够生存下来的地方。"

说完，她再一次关上了门。

你回去后打开钱袋，只见里面的大洋有的是簇新的，有的却已经很旧，似乎保存了很长时间。你猜想，这应该是她常年积攒的私房钱，她能一下子几乎倾囊相助，让你有些感动。

进入123号剧情 →

好感度+1

119号剧情

你硬着头皮，向李海潮提出借钱的请求。

李海潮先是冷笑，然后是大笑："是我听错了，还是你疯了？居然向我求助？我恨不得你死！Idiot！"

你说："如今我已经是李府继承人，哥哥你也该考虑自己以后的路了。如果你今天借钱给我，日后我必将百倍，不，千倍奉还！"

"有意思，拿着我们李家人的钱，向打发狗一样打发我们李家人？"李海潮的笑脸变成怒容，"你也太嚣张了吧！给我按住他！"

四名小厮犹豫着捉住了你的肩膀和手臂。其中一人小声说："大少爷，老太爷刚立遗嘱，您这样……不太好吧？"

"有什么事我兜着！"李海潮不耐烦地说，"给我狠狠打！让他把为什么要这么多钱的原因给吐出来！"

严刑拷打之下，你不得不承认自己的真实身份和老王的计划。之后，你被五花大绑送回李府，再也没出来过。

游戏失败

借钱是一门艺术，想要提高成功率，得先分清敌友。

120号剧情

思考半天，你最后还是到书房拜候了李远——毕竟他是你的父亲，做儿子的开口，总不至于不管吧？

"一千块？"李远问，"要这么多干吗？"

"具体原因，请恕儿子暂时不能交代，只求爹能帮我这一次。"你恳切地说。

李远又"啪嗒啪嗒"抽起了烟，过了一会儿，才说："我明白了，你先回吧　钱我会想办法的。"

第二天，一千块大洋终于到了你手上，你兴冲冲带着它们，去了和老王约定的地点，却再也没回李府。

数日后，两具浮尸在金浦江面被人发现。经过辨认，一具是李府新认的二少爷，一具却是多年前被赶出李府的管家老王。巡捕房这次不知为何竟如有神助，迅速就查明，所谓的二少爷只是老王选出来骗钱的冒牌货罢了，二人大概是分赃不均导致自相残杀。一桩疑案就此尘埃落定。

游戏失败

舐犊情未深，一涉及巨大的利益，
连父子之间都没什么亲情好讲的。

121号剧情

你最终决定，还是向老太爷开口。毕竟作为李家真正的掌权人，他都已经认了你，难道这点小要求都不能满足你吗？

果然，你来到小屋说明来意后，老太爷一个手势，冯博士立刻就拿了两千块簌新的大洋给你，并叮嘱说，万一不够尽管开口。

你拿着钱，开心地到约定地点去见老王，二人刚接上头，四下却冲出一群巡捕，把你们拿下了。由于人赃并获，你们只得承认了各自的真实身份和冒名顶替的计划，之后均被定罪判刑。

游戏失败

老骥即使伏枥，也不是那么好糊弄的。

122号剧情

你认为，既然李家己经明确你为继承人，那么老王根本没什么可怕的，索性把自己舒舒服服地安置在李府的高墙之内，一心一意做自己的二少爷。

然而，一天深夜，屋子里忽然冲进来几个巡捕，嘴里喊着"诈骗犯"，骂骂咧咧地就把你拽了出去。

游戏失败

在这个宅子里，没有岁月静好，你必须找准时机主动出击，才能增加笑到最后的概率。

123号剧情

两天后，傍晚。

金浦码头。

二十年前，岛国某铁路会社买下这片原本只是泥泞滩涂的土地，在上面建起了码头仓库。经过多年发展，这里如今已成为远东地区数一数二的大港。只是这大港是由外国人建成的，最重要的职责，也是把国内的财富一船一船地运到国外。想到这点，就让人有点不大痛快。

但你是没有这些家国情怀的，即使有，自身难保的人，现在也只能低着头盘算自己能不能活到第二天。

夕阳下，你躲在外国巨轮投射的阴影里，眼睛则搜寻着脏污的浅水处，那些漂泊如浮萍的乌篷小船。

忽然，一条破船上的帘布掀动，露出一张油滑得有些过分的脸："这儿。"

你叹了口气，跳进了船舱。

申滩虽然遍地黄金，但穷困潦倒者更多，不少人既没钱租房，又不想露宿街头，往往睡在这些小船上。你说他们没家吧，至少上有盖下有板；你说他们有家吧，却只是江面渺小的一叶扁舟。这便是申滩大多数穷人的现状：带着一点点若有似无的尊严、一点点乍隐乍现的希望，漂泊不定地活着。

眼前这条船的舱里，当然也是寒酸得紧，但桌上却摆着七八道大菜和两壶好酒，筷子旁边，居然还放着几件古玩玉器。

你的心沉了下去。老王这家伙当然没这么多钱花天酒地，如此一来，自己这次更加不得脱身了。

果然，老王大剌剌坐在木板上，先喝了口酒，咂咂嘴后，立刻问道："钱呢？"

你选择……

互动43

A	我没钱！	进入124号剧情

B	我没凑够钱。	进入125号剧情

持有金钱数大于五百小于一千大洋，可以选择该选项。▲

C	钱全了，都在这儿。	进入126号剧情

持有金钱数达到一千大洋，可以选择该选项。▲

"我没钱！"你硬着脖子说，"大不了杀了我，大家一拍两散！"

老王居然没有动气，他把鸡腿上的最后一丝肉撕了下来，塞进牙缝里嚼着，问："一个大洋也没有？"

"一个也没有！"你大声说，"你若真的机灵，这会儿乖乖放我回去，等我继承了无数家产，再分你一份！"

老王哈哈大笑，笑得快喘不过气来，然后，换上一副温柔的神色道："孩子啊，叔已经带了你八年，不谈父子之情，师徒之谊总是有些的吧？你如果心里哪怕念我半分好，我又怎么忍心把你往绝路上逼？可惜……"

他的表情还是很温柔，但眼睛已经变成野兽的了："你居然连一块大洋都不肯给，以后有了家产能给我？像你这种白眼狼，我还是除掉的好！"

老王一边说，一边从木板上蹿起，手中的短刀直直向你刺来。船舱狭窄，你哪里躲得开？刀身整个插入你的腹中，接着余势未减，带着你一起栽进了浊黄的江水之中……

你的尸身和江面的垃圾混在一起，载沉载浮了一夜才被人发现。有人说，曾看你钻进一条破渔船里，李府根据那人描述的长相去找船夫，却被告知船夫早已摇橹离去。此时正值列强纷争、天下大乱，纵使李府家业大，却也遍寻不着杀你的凶手……

游戏失败

有的时候，妥协并不代表软弱。

159

"我……我没凑够钱……"你低着头，说。

"没凑够？"老王板起了脸，"那你带了多少来？"

"五……五百多块。"你一边说，一边把钱袋掏了出来，放在桌上。

老王立刻变了脸色，一把夺过："这还差得远呢！"

"我只能凑到这么多了！李家买给我的东西，稍微值钱点的都被我拿去当了，只有这么多！叔，你再给我几天时间吧！"你其实知道这些话根本没用，但还是忍不住苦苦哀求着。

"再给你几天时间？"老王眼睛眯了起来，片刻后，却出人意料地点了点头，"行啊，那就再饶你几天。"

你反倒愣住了："真的？"

"叔什么时候骗过你？"老王将银圆揣进怀中，继续自顾自地吃了起来，"去吧，叔还盼着你拿到老爷子家产的那天呢！"

"谢谢叔。"你满腹狐疑地走出了船舱。临行前，你又看了一眼大口吃喝的老王。

太好说话了，完全不像平常的他……

难道说……他是怒急之下，故意这么镇定，实际却做好了一拍两散、玉石俱焚的准备？

你不禁打了个寒战。

不能冒这个险。

互动44

| A | 先下手为强，还是找时机做掉他。 | **进入127号剧情** |

局内人模式推荐选择 ▲

| B | 既然他放你一马，还是不要惹事。 | **进入128号剧情** |

126号剧情

"钱全了，都在这儿。"你故意把钱袋重重按在桌子上。

老王拿在手上掂了掂，只凭重量就知道里面银圆的大致数目，脸上立刻笑开了花："还真让你给凑到了？不愧是大户人家的二少爷！"

说着，他还是忍不住，把银圆倒在桌上，仔细数了三遍，这才满意地喝了一杯酒解渴："好孩子！你是真孝顺，叔很满意！"

你勉强点了点头："那我可以走了？"

"不聊会儿？"老王敷衍着说，心神早就飘到了如何花这笔钱上。

你见他乐得抓耳挠腮，也不愿与他多说，匆匆打了个招呼，就下了船。

在码头上走着，忽然身后传来一声叫喊："喂！前面那个！你站着！"

你一惊，不明情况之下只好站定，慢慢回头，准备随机应变。

没想到，站在身后的只是个八九岁的孩子，一张小脸又脏又黑，眼睛倒是黑白分明，十分灵动。

你看着这孩子，有些感慨，几年前，你也是这副模样。于是和颜悦色地问："娃娃，你叫错人了吧？"

"没有错，就是你。"小孩老气横秋地说，"有人让我给你带话，你听好——'事情有变，赶紧回头，记得保护好自己。'"

"回头？"你冷笑一声，"是不是一个瘸子让你带话的？告诉他，他要的东西我已经给了，还想要点什么的话，等大事办成了再说。"

孩子却摇了摇头："不是哦，是个女人让我带话的。"

"女人？"你问，"长什么样子？"

"我不知道，她戴着帽子蒙着面纱，整个人也包得严严实实的。"

你撇了撇嘴："那你怎么知道她是个女人？"

"因为她身上有一种好闻的香味啊。"孩子一本正经地说，"所以我觉得她不仅是女人，还是个很漂亮的女人，因为我妈身上就没这种香味。"

一张冷艳的脸庞飘过你的脑海，你点了点头："知道了，谢谢你。"

你选择……

互动45

| A | 你决定回头看看，老王那里又有什么变故。 | **进入127号剧情** |

多情客模式推荐选择 ▲

| B | 老王那关已经过了，你不愿再多增是非，决定尽快回家。 | **进入128号剧情** |

安全起见，你带上了一把刀，再次来到码头。这时，天色已经完全黑了。江边上的巨轮、小船都亮起了灯，有的明如月，有的灿如星，仿佛是水中的另一座巨城，有一种梦幻般的浮华之感。

老王的船还在，却并没有亮灯。两边窄、中间宽的船影漂在黑黢黢的水面上，仿佛江上拱起的一个坟包。你有些失望，猜想他一拿到钱，立刻就花天酒地去了。

但既然来了，又岂能就这样回去，好歹在他船上搜点什么出来，说不定能找到什么把柄反制他呢？

你拿定主意，轻手轻脚跳上了船。但动作再怎么轻柔，船上还是一阵晃动，紧接着，船舱里"咚"的传来重物摔下的声音。

里面有人！

你立刻僵住了，差点被晃下船来。但之后，舱里就再无半点声息。

"叔？"你胆战心惊，低低喊了一声，船里却没人理你。

你又等了会儿，见里面仍然一片寂然，只好硬着头皮，用手按着腰间的刀，掀开帘子走了进去："叔，你别误会，我只是想起还有一笔钱没孝敬您……"

你不说话了，因为阴暗的船舱里，老王面朝下趴在地板上。刚才他应该是趴在桌子上的，你把船一晃，他摔了下去，顺带把铺在桌面上的银洋也扫下桌来。

银洋在木板上滚得到处都是，其中一部分被老王压在身下，像是他搂着它们睡着了一般。

你捡起最靠近脚边的那一枚。

银币正面，总统肥硕的头颅清晰可见。他的脸颊上染着一丝血迹，仿佛流下了血泪。

你又惊又吓，满怀着恐惧却还带着一丝希望地推了推老王。

他没有动。

你鼓起勇气，把他整个人翻了过来。

老王当然已经死了。没人能在身中这么多刀、流了这么多血后还能活着。

可是，谁杀的老王？

这当然是你目前最想知道的。但入夜后，吵闹的放歌声和粗野的闹酒声响彻整个码头。你开始思考要不要赶紧离开这个是非之地。

互动46

A 被人看见就说不清了，赶紧离开。 **进入129号剧情**

B 我要调查清楚老王的死因。 **进入130号剧情**

局内人模式推荐选择 ▲

128号剧情

你在天黑前就回到了李府。

此后两天，相安无事。

直到第三天，用午餐时，老何匆匆进来，和李远耳语了几句。李远听完后一愣，接着用一种奇怪的眼神看了看你，才说："巡捕房的徐永邦探长……想见见你。"

你惴惴不安地走进偏房，一个穿着八成旧中山装的男人正等着你。看他面相，应该也就五十上下，头发和眉毛却都已经白了。而花白眉毛下的那双鹰隼般的锐眼，不仅让他毫无老态，反而有一种老成持重、思维缜密之感。

以徐永邦这样的资历、这样的能力，至今却仍只是个分区副探长，就这职位，金探长还觉得给高了。对此，他是这样解释的："老徐这个人，连破案都不会！该破的他给破了，倒也罢了；不该破的案，他也给破了！这不是让我为难嘛！"

你一进门，徐永邦立刻开门见山发问："二少爷，我想知道，三天前的晚上5点到9点，你在什么地方？"

互动47

A	我在家里。	进入131号剧情

B	我去了码头。	进入132号剧情

你急匆匆赶回了李府。

此后两天，相安无事。

直到第三天，用午餐时，老何匆匆进来，和李远耳语了几句。李远听完后一愣，接着用一种奇怪的眼神看了看你，才说："巡捕房的徐永邦探长……想见见你。"

你惴惴不安地走进偏房，一个穿着八成旧中山装的男人正等着你。看他面相，应该也就五十上下，头发和眉毛却都已经白了。而花白眉毛下的那双鹰隼般的锐眼，不仅让他毫无老态，反而有一种老成持重、思维缜密之感。他，就是租界巡捕房最好的探长，同时也是唯一一个不受贿的官员——徐永邦。

以徐永邦这样的资历、这样的能力，至今却仍只是个分区副探长，就这职位，金探长还觉得给高了。对此，他是这样解释的："老徐这个人，连破案都不会！该破的他给破了，倒也罢了；不该破的案，他也给破了！这不是让我为难嘛！"光这一件轶事，你就知道，这位徐探长绝不是好相与的。

果然，你一进门，徐永邦立刻开门见山发问："二少爷，我想知道，三天前的晚上5点到9点，你在什么地方？"

互动43

| A | 我在家里。 | 进入133号剧情 |
| B | 我去了码头。 | 进入134号剧情 |

老王的死太过蹊跷，码头又人多眼杂。即使你现在离开，警察发现尸体后只要到处一问，还是会打听到你的行踪。

你索性蹲下身子，借着江面反射的月光，细细观察老王的尸身。他的喉咙、胸膛和腹部，竟都有两到三条致命的伤痕，伤口异常整齐，且非常狭窄。正面杀人，要达到这样的效果，除非老王坐在椅子上一动不动，任由凶手拿着凶器，在他身上慢慢刺上好几下。

怎么可能！老王只是瘸了，并没有瘫痪啊！

除非……

你赶紧拉开老王的衣袖，却没有在他手腕上找到意想中的绳痕。

他并不是被人绑住的。

这时，你忽然从老王尸身上的酒臭味和血腥味里，闻到一种奇异的香味。

只闻了一点，你就昏昏欲睡，差点倒在他满身是血的怀里。

你吓得赶忙站起，跑到船边往脸上浇了好几捧江水，这才清醒过来。

你总算知道老王是怎么死的了——

他是被人迷晕后，用利器刺死的！

你又看了看满船舱的银圆，立刻想到一个可怕的问题：警察一看到这样的场景，一定会怀疑你是凶手！否则，你如何解释为什么要在一个流浪汉被杀前，给他这么多钱？

怎么办？

是主动报案，还是毁尸灭迹？

你正急得团团转时，这艘小船主动替你做出了选择。

167

一种湿漉漉的触感，漫上了你的脚底。一开始，你以为是老王流的血，一抬脚，才发现船舱里已经浸了一层浅浅的江水！

　　你再一看，只见老王尸身下面的木板，竟被凿了个大洞，江水正一点一点漫进来！

　　你没有办法，只好丢下老王的尸身，趁着船沉之前回到岸上。

　　在回李府的路上，你一直在盘算一个问题。

　　不管杀老王的人是谁，这个人，似乎比你更怕暴露自己与老王的关系。否则，此人绝不会浪费这样一个嫁祸给你的机会。

　　进入129号剧情 →

能力值+1

131号剧情

　　"我一直在家。"你回答，"有什么事吗，探长？"

　　"有事。"徐永邦皱着眉说，"三天前的晚上，金浦码头有条船沉了。我的人看了船底，判定是被凿沉的，还打捞上来一具尸体。虽然已经肿胀得不成样子，但仍可以看出，他是被人用刀刺死的。"

　　老王……被人杀死了？你大吃一惊，完全想象不到那天你走后，老王的船上发生了什么。你只有故作镇定："哦？那跟我有什么关系？"

　　"有人说，船沉的那天傍晚，看到一个衣衫华丽的富家少爷上了船，很快就走了。"徐永邦直直地看着你，"根据他的描述，我就找到了你。可是，你为什么否认自己曾去过码头呢？没办法，只能请你跟我回去走一趟了。"

你惴惴不安地跟着徐永邦到了巡捕房。他不愧是申滩数一数二的神探，很快就查清老王的死与你毫无关系。可不幸的是，一同被查清的，还有你冒充李江流的事实……最后，你还是进了大牢。

游戏失败

神探徐永邦的眼里揉不进一粒沙子，想要过他这关，你必须学会更加巧妙地应对。必要的坦诚，是他相信你的第一步。

132号剧情

"三天前的5点到6点……"你皱着眉头，终于还是说了出来，"我去了金浦码头。"

"哦？去那里做什么？"徐永邦问。

你没有说话。

"你不想说？没关系，我来说。告诉你一件很凑巧的事吧。"徐永邦说，"三天前的晚上，金浦码头有条船沉了。我的人看了船底，判定是被凿沉的，还打捞上来一具尸体。虽然已经肿胀得不成样子，但仍可以看出，他是被人用刀刺死的。"

老王……被人杀死了？你大吃一惊，完全想象不到那天你走后，老王的船上发生了什么。你只有故作镇定："哦？那跟我有什么关系？"

"有人说，船沉的那天傍晚，看到一个衣衫华丽的富家少爷上了船，很快就走了。"徐永邦看着你说，"根据他的描述，我们发现，那个富家子很像是二少爷你啊。"

你心中一震，但还是努力辩解："可是，那天6点半我就回了宅子。那时天还没完全黑，码头上来来往往都是人，我不可能在那么多双眼睛前杀人吧？"

徐永邦沉吟着，总算点了点头："确实，也有人做证说，你走了以后，还见到死者站在船头偷偷摸摸地做什么，那个时间……你恐怕已经回到李府了。这样看来，你确实不可能是凶手。但此人死得蹊跷，你又在这之前曾见过他，我们不得不详细了解清楚——明天吧，明天一早，请二少爷到巡捕房详谈。"

"一定知无不言，言无不尽。"你赶紧站起身来送客，心里已经在盘算明天该说什么才能全身而退。

徐永邦一直走到院子里，你还偷偷从窗缝看着他。忽然，一只手从灌木丛里探出，把他拉进了角落里！

你心中一惊，赶紧下楼，蹑手蹑脚靠近那里。

进入138号剧情 ➢

"我一直在家。"你回答，"有什么事吗，探长？"

"有事。"徐永邦皱着眉说，"三天前的晚上，金浦码头有条船沉了。我的人看了船底，判定是被凿沉的，还打捞上来一具尸体。虽然已经肿胀得不成样子，但仍可以看出，他是被人用刀刺死的。"

你心中一震，却只能故作镇定："哦？那跟我有什么关系？"

"有人说，船沉的那天傍晚，看到一个衣衫华丽的富家少爷上了船，很快就走了。而到了晚上……那富家子又去了一趟。据说，这一次出来后，他的表情相当惊慌。"徐永邦直直地看着你，"根据他的描述，我就找到了你。可是，你为什么否认自己曾去过码头呢？没办法，只能请你跟我回去走一趟了。"

你惴惴不安地跟着徐永邦到了巡捕房。他不愧是申滩数一数二的神探，很快就查清你与老王合谋冒充李江流的事实。同时，由于所有的证据都指向了你，你最终被判定为杀死老王的凶手，并在一个月后被枪决。

游戏失败

神探徐永邦的眼里揉不进一粒沙子，想要过他这关，你必须学会更加巧妙地应对。必要的坦诚，是他相信你的第一步。

134号剧情

"三天前的5点到9点……"你皱着眉头，终于还是说了出来，"我去了金浦码头。"

"哦？去那里做什么？"徐永邦问。

你没有说话。

"你不想说？没关系，我来说。告诉你一件很凑巧的事吧。"徐永邦说，"三天前的晚上，金浦码头有条船沉了。我的人看了船底，判定是被凿沉的，还打捞上来一具尸体。虽然已经肿胀得不成样子，但仍可以看出，他是被人用刀刺死的。"

你心中一震，却只能故作镇定："哦？那跟我有什么关系？"

"有人说，船沉的那天傍晚，看到一个衣衫华丽的富家少爷上了船，很快就走了。而到了晚上……那富家子又去了一趟。据说，这一次出来后，他的表情相当惊慌。"徐永邦看着你说，"根据他的描述，我们发现，那个人，很像是二少爷你啊。能不能解释下，你为什么前后两次进出这艘小船呢？"

互动49

A	第二次不是我。	进入135号剧情
B	我是受他威胁。	进入136号剧情
C	我跟他买大烟。	进入137号剧情

135号剧情

"那个人……我不管他是谁，一定看错了。"你说，"傍晚，我确实去了小船，但之后再也没进去过了。"

"有意思。"徐永邦笑了笑，"你只是否认第二次没进小船，却还是没说你为什么要去小船。现在事实有些矛盾：有几个人一口咬定说看你进出了两次，而你却说只去了一次。唉，我最怕遇到这种头疼的状况了。我很笨，一旦遇到这种状况，只有一个解决法子：陪我去一趟巡捕房吧，二少爷？"

你惴惴不安地跟着徐永邦到了巡捕房。他不愧是申滩数一数二的神探，很快就查清你与老王合谋冒充李江流的事实。同时，由于所有的证据都指向了你，你最终被判定为杀死老王的凶手，并在一个月后被枪决。

游戏失败

神探徐永邦的眼里揉不进一粒沙子，想要过他这关，你必须学会更加巧妙地应对。必要的坦诚，是他相信你的第一步。

136号剧情

"我……我是受他威胁。"你说。

"威胁？"徐永邦的白眉一挑。

你点点头："有一天，我外出看电影，他不知从什么地方冒出来，敲诈我一千块大洋。如果不给，他就跑到我哥那里，说我是假的李江流。"

"那你是假的吗？"徐永邦装作不经意地问。

"我当然是真的！"你有些愠怒地喊道。

"那你怕什么？"徐永邦一笑。

你叹了口气："作为一个在外流落十二年的人，想让所有人都相信我是真的，是很难的事。而所有人里面，最不相信我是真的，或者最希望我是假的的人，就是我的大哥，李海潮。"

徐永邦有点理解地点了点头："大少爷确实也给我们巡捕房添了不少麻烦。可是，你为什么后来晚上又上了船？"

"第一次，我是给他大洋。可是他嫌钱少，非常生气，把我赶了出去。"为了不牵扯到另外的人或事，你决定说谎，"我站在码头，越想越害怕，生怕他忍不住去找我哥诬陷我。于是想等他心情平复些，向他求情，谁知道……"

"如何？"徐永邦紧紧逼问。

你的嘴唇颤抖了一下："他死了……压着满地的银洋，就这么死了……"

"你没见到是谁动手？"

"没有。"

"为什么没报警。"

你苦笑一下："徐探长，如果你看到我这样的人，为他那样的人报警，会不会觉得很奇怪，进而产生一些更奇怪的联想？请你谅解，我境况特殊，不得不做一些很自私……乃至很冷血的事。"

"大宅门里啊……最多的就是人，可最缺的却是人性；最不缺的就是钱，可最看重的，也还是钱。"徐永邦深深一叹，"二少爷，你这番话，我很愿意信，但也不敢轻易信。毕竟事关一条人命——明天吧，明天一早，请二少爷到巡捕房详谈。"

"一定知无不言，言无不尽。"你赶紧站起身来送客，心里已经在盘算明天该说什么才能全身而退。

徐永邦一直走到院子里，你还偷偷从窗缝看着他。忽然，一只手从灌木丛里探出，把他拉进了角落里！

你心中一惊，赶紧下楼，蹑手蹑脚靠近那里。

进入138号剧情 →

137号剧情

"我到那里……确实不是干什么值得夸耀的事……"你吞吞吐吐地说。

徐永邦双手交叠，放在桌上："'不光彩的事'和'违法的事'之间，还是有区别的。请详细谈谈。"

"在您眼里，恐怕也是违法的事。"你假装下定决心，说了出来，"我找他，是买大烟……"

"大烟？"徐永邦眨了眨眼睛，"跟他买？"

你尴尬一笑："你也知道，我父亲就有抽一口的习惯，这几天看他抽得怪惬意的，于是我也……我之前找这人买烟土，他却是个骗子，拿了钱就跑。之后，我好不容易找到他藏身的小船，想要把钱要回来，他却对我喊打喊骂，我气不过就走了，后来一想我有什么好怕的，就又折回去了，结果却发现他死了——探长，我发誓真的不知道他是怎么死的！"

"照你所说……"徐永邦摸着下巴，"死者是卖大烟的骗子？"

你赶紧点头。

"你并不认识他，他也不认识你？"

你又点头。

徐永邦笑了："有意思。根据我们的查探，死者自称姓刘，并不是一个老实本分的人，来到申滩没几天，就欠下不少债务。打手找上门来，他说自己很快就有钱还了——每个欠钱的人都这么说，他们自然不信。后来打得没法，他才说出来，自己是李家二少爷的救命恩人——如果你们互不相识，怎么就这么巧，他非要跟二少爷你搭上关系呢？"

一瞬间，你的后背冒出一片冷汗。

徐永邦站起身来，把帽子戴回头上："陪我去一趟巡捕房吧，二少爷。我们还有很多事情要聊。"

你惴惴不安地跟着徐永邦到了巡捕房。他不愧是申滩数一数二的神探，很快就查清你与老王合谋冒充李江流的事实。同时，由于所有的证据都指向了你，你最终被判定为杀死老王的凶手，并在一个月后被枪决。

游戏失败

176

永远不要轻视一名经验丰富的侦探的情报搜集能力。
类似的回答，可能第一次应付李远时有用，
但面对徐探长，只是另一个蹩脚的谎言罢了。

138号剧情

"你可知道，你突然这样大力拉我，我差点对你开枪？"徐永邦的声音很有些不满，一只手已经放在了大衣的内袋里。

一个夹杂着英文的声音响起："You're too cautious! 以徐探长的身手，谁敢害你？"

徐探长放低手，理了理大衣："我是粗人，大少爷不必跟我拽洋文。有什么话，就快说吧。"

你偷偷躲在灌木丛中偷看，只见拉住徐永邦的，赫然是李海潮。此时，他神秘兮兮地问："能容我先问一句，您为什么没把凶手带走？”

　　徐永邦皱起了眉："大少爷这是明知故问了。以李家这么大的势力，没有确凿证据，没有十足把握，谁敢轻易带人？来之前，金探长就已经对我关照了又关照。我虽然是出了名的不解风情，但也不想为了没证据的事丢了那一个月几十块大洋的薪水。"

　　李海潮笑了："徐探长够坦诚！这样，我就能反过来回答你的问题了——我可以做证人，给你证据。"

　　"证人？什么的证人？"

　　李海潮理了理锃光瓦亮的油头："自然是证明是谁杀了那个老头！我可以先透露一点给你——这个人，就在这个宅子里！"

　　你背后一凉。

　　徐永邦眯起了眼："出于你我都明白的原因，你的证词恐怕在我这里不是那么可信——尤其，你指控的还是宅子里的某一位。"

　　李海潮无奈地拍拍手："我懂！在你们眼里，我不就是个无事生非的败家子儿吗？但我如果提供一个你都没掌握的关键信息呢——这个死者的真实身份姓王，十二年前，是我们家的管家！"

　　"什么！'徐永邦跟你都惊了。

　　李海潮得意扬扬："有点意思了吧？"

　　"那……你认为凶手是谁？"

　　"在这儿说？"李海潮看看四周，冷笑一声，"到处都是眼睛，到处都是耳朵！这样吧，今晚八点，我到府上拜访，届时详谈。"

　　"为什么不直接去巡捕房？"徐永邦并没有掩饰对李海潮的不喜。

　　"跟我不在家里说的原因一样——小心隔墙有耳。"李海潮的声音压得更低，"这次，可不是死了个人这么简单。这里面，还牵涉到一场谋取我家财产的大骗局！"

徐永邦冷冷地说："对我来说，没什么比一个人的命更重要。"说完，他转身离开。

李海潮看着他的背影，冷笑一声，也迈着大步离开了。

只剩你一个人待在原地。

你决定……

互动50

A 即使李海潮诬陷我，有徐探长在，他也不会得逞，不如安心在家待着。　进入139号剧情

B 我倒要听听李海潮会对徐探长说些什么。　进入140号剧情

139号剧情

第二天一大早，你就被几个警察抓进了巡捕房。被审问时，你才知道，原来昨天晚上，徐永邦暴毙在自己的家里。死在他身边的，正是李海潮！时间太过凑巧，巡捕房不能不联想到徐永邦在办的案子，立刻把嫌疑最大的你抓了起来。

现在，这里可没有徐永邦这样一心只求真相和正义的好警探了。你被打得死去活来，只好胡乱认下杀了三人的罪名，并在一个月后被枪决。

游戏失败

好奇害死猫。可有时候，一点不好奇，却会害死人的。

迷局渐浮

CHAPTER SIX

140号剧情

当晚，你偷偷来到徐永邦家附近。这是位于近郊的一间小平房，哪里都不好，胜在租金低廉。你没费什么气力，就从厨房上方的小气窗爬了进去——你跟着老王多年，坑蒙拐骗的事做过，偷鸡摸狗的事也做过，翻墙啥的自然不在话下。

你见客厅黑着灯，大着胆子走了进去。这里布置得极简陋，一切似乎都只是为了能有个地方歇脚。你早就听说，徐永邦是小渔村出身，靠着一身真本事才打拼上来的。申滩物价高昂，他又不肯贪污，所以没钱买大房子，也不能像一般的官那样把老婆或情人带在身边服侍自己。

客厅旁边的一间小屋里，有一丝光线透了出来。

你抽出原本准备对付老王的刀，偷偷靠近那里，从门缝往里窥探。

原来，这里是徐永邦的卧室，可实在比厨房大不了多少。房间弥漫着很浓的烟雾，看来他们抽了很多烟，你只能隐约看到有两个身影坐在桌边。

你在门外等待了许久，里面却鸦雀无声，两个人影也一动不动。

你心中一惊——难道？

你握紧了刀，轻轻推开门，走到两人身边。

互动51

A 蝴蝶效应：枪乃凶器	
B 进入142号剧情	进入142号剧情

袅袅的烟雾里，徐永邦和李海潮都保持着口眼圆睁、仰头向后的僵硬姿势，靠在椅背上。二人的胸口都有着四五个枪眼，看起来，竟是彼此互射而死。可是你再看二人的手，只有徐永邦手里攥着一把枪，李海潮手中却空无一物。

李海潮的枪呢？

你正在疑惑之中，忽然听到一声枪响，紧接着后背一阵剧痛。

你回过头来，终于知道李海潮的枪去了哪里。

但一切都已来不及了，又是数声枪响，子弹尽数打入你的背脊，你带着无限悔恨，死去了。

次日清晨，你们三人的尸体被发现。巡捕房的结论，是李海潮在背后枪杀你后，又与徐永邦互射而死。李府大少爷、一代天之骄子，为了家产竟杀死了自己的弟弟和租界的探长，这样的丑闻连李家也遭受不住。某个雷雨夜后，李家所有人忽然全部消失。豪门的神秘失踪，本就在大家的意料之中，因此也没有人去过多追寻他们的下落。过了几年，这幢大宅被一个不明情况的外国人低价买下。霞飞路1293号，又恢复了往日的繁华。

游戏失败

你曾经一个无意识的不智举动，最终决定了你的失败命运。

袅袅的烟雾里，徐永邦和李海潮都保持着口眼圆睁、仰头向后的僵硬姿势，靠在椅背上。你看到，徐永邦胸前有七八道致命的刀伤，右手则平握着一把手枪。而李海潮的胸前是四五个枪眼，右手紧紧攥着一把短刀。乍一看，应该是互杀而死。

你心中讶异，他们何时有这样的深仇大恨？仔细检视伤口之时，你忽然闻到一阵奇异的甜香。

互动52

A	时间紧迫，你来不及细究这是什么香气了，赶紧检查尸身才是要紧。	进入143号剧情
B	你觉得这香气来的诡异，先屏住了呼吸。	进入144号剧情
C	如果你此时能力值已达12点，则可以打开"月满大江流"剧情书，进入9号蓝色剧情。	

局内人模式推荐选择 ▲

143号剧情

香气扑入鼻子，便窜到脑部，带给你一阵奇异的快感，接着就是深沉的睡意。一开始，你以为这是大烟的迷香，好奇地多闻了几口。接着，你脑袋一晕，整个人睡在了地上。

你睡了不知多久，最后被一盆冷水泼醒。

你依依不舍地睁开眼睛，仿佛还没睡够。但当看到面前站着谁时，睡意一下子消失得无影无踪——

是金厚廉金探长！

金探长黑豆般的小眼睛看了看你的手，又看了看两具尸体，面无表情地问："二少爷，能解释一下，这是怎么回事吗？"

你挣扎着坐起来，慌忙说道："不是我干的！金探长，你听我解释！"

金探长点点头："解释，自然是要听的。若是一般命案，倒也罢了，但如今死的是巡捕房的人，我必须对兄弟有所交代——这几天，就委屈你住在局里了。"

他一挥手，刚才用冷水浇醒你的警察立刻把你架了起来……

在巡捕房，可再没有徐永邦这样一心只求真相和正义的好警探了。你被打得死去活来，只好胡乱认下杀了三人的罪名，并在一个月后被枪决。

游戏失败

事态已经发展到了愈来愈险恶的程度，凭你现在的警觉性，
不足以应付更大的阴谋。

144号剧情

香气扑入鼻子，便窜到脑部，带给你一阵奇异的快感，接着就是深沉的睡意。当你察觉这香味有些不对时，你立刻屏住呼吸，退出房门。但之前吸入的那一些，已经足以使你颓然倒地。

幸好，你的警觉性尚佳，一觉不对立刻反应，所以只失去意识了一小会儿，就醒了过来。

就在此时，寂静的屋外，响起了大皮靴踩踏地面的声音。是警察！听声音，来的还不止一人！

时间紧迫，再不走，就会被当作凶手抓起来！你必须当机立断！

互动53

A	快速检查徐永邦的尸体，然后离开。	进入145号剧情
B	快速检查李海潮的尸体，然后离开。	进入146号剧情
C	啥也别管了！逃命要紧！	进入147号剧情

145号剧情

你慌乱地翻着徐永邦的尸身。你要找什么，这个"什么"又在哪里？你根本毫无头绪，只知道一阵乱翻。

这时，响亮的敲门声响起！你慌不择路，以最快的速度奔向厨房，依然从小气窗那里跳了出去。

你一落地，两双有力的大手就紧紧地箍住了你。不到一分钟，金探长肥胖的身躯就挪到了你的跟前，一双黑豆般的小眼睛看着你："大半夜的，您怎么从永邦家里跳出来了，二少爷？"

你张口结舌，根本不知道怎么解释，只是说："不是我干的！金探长，请你一定要相信我！"

金探长晃了晃大脑袋："我也很想信你。若是一般命案，倒也罢了，但如今死的是巡捕房的人，我必须对兄弟有所交代——这几天，就委屈你住在局里了。"

他一挥手，那两双大手立刻把你架了起来……

在巡捕房，可再没有徐永邦这样一心只求真相和正义的好警探了。你被打得死去活来，只好胡乱认下杀了三人的罪名，并在一个月后被枪决。

游戏失败

危急关头，尽量不要做自己没把握的事。

146号剧情

你慌乱地翻着李海潮的尸身，首先翻出的是一个小册子。

【李海潮的独白】解锁。

> 提示：本游戏中将陆续有李海潮、李老爷、林霜梅等三人的独白解锁。

这个小册子你暂时是顾不上看了，继续摸索尸体，心中隐隐知道自己在找一个很重要的东西。

蝴蝶效应：被遗忘的枪

（提示：如果你在之前的游玩中已经获得此蝴蝶效应剧情卡，则可跳转至相应的剧情。如果没有获得，则继续146号剧情）

当你继续在李海潮身上乱摸乱找的时候，响亮的敲门声忽然响起！你慌不择路，以最快的速度奔向厨房，依然从小气窗那里跳了出去。

你一落地，两双有力的大手就紧紧地箍住了你。不到一分钟，金厚廉金探长肥胖的身躯就挪到了你的跟前，一双黑豆般的小眼睛看着你："大半夜的，您怎么从永邦家里跳出来了，二少爷？"

你张口结舌，根本不知道怎么解释，只是说："不是我干的！金探长，请你一定要相信我！"

金探长晃了晃大脑袋："我也很想信你。若是一般命案，倒也罢了，但如今死的是巡捕房的人，我必须对兄弟有所交代——这几天，就委屈你住在局里了。"

他一挥手，那两双大手立刻把你架了起来……

在巡捕房，可再没有徐永邦这样一心只求真相和正义的好警探了。你被打得死去活来，只好胡乱认下杀了三人的罪名，并在一个月后被枪决。

游戏失败

回忆一下徐永邦当时的动作，
你终究能想起来他的枪放在了哪里。

147号剧情

整齐的皮靴声越来越近了，你当机立断，决定不再碰两具尸体，以最快的速度奔向厨房，依然从小气窗那里跳了出去。

你落地的那一刻，响亮的敲门声响起，同时，大皮靴的声音向屋子后面靠近——他们是要包抄！

你头也不敢回，在夜色的掩护下，溜回了李府。

进入149号剧情 ⇗

148号剧情

你迅速把手伸入李海潮尸身的大衣内袋，摸到一个沉甸甸的铁疙瘩。你将它收入怀中，接着以最快的速度奔向厨房，依然从小气窗那里跳了出去。

你落地的那一刻，响亮的敲门声响起，同时，大皮靴的声音向屋子后面靠近——他们是要包抄！

你头也不敢回，在夜色的掩护下，溜回了李府。

◆ 获得物品 ◆

这是一把外匿制的M1900式手枪，俗称"枪牌手枪"，
巨面的弹夹装着7发子弹。

一把手枪

此处触发11号蝴蝶效应，
你获得11号蝴蝶效应剧情卡——【M1900】。

当接下来的剧情中出现"M1900"这个编号时，你可以进入164号剧情。

进入149号剧情 ⇗

次日，李海潮回到了深宅之中。

这大概是他打Y国留洋回来后，第一次没有带着满身酒气、骂骂咧咧地回家。

他一身洋服，躺在中式的楠木棺材里，显得那么不伦不类，但就好像他这个人一样，既非传统的本国人，更非现代的Y国人。他只是新旧时代、东西国度交织挤压下诞生的畸形儿罢了。

李惊霆一身素服，木然坐在棺材旁。他枯木般的手，伸进棺材去触碰死人的手，在一种苍凉之外，又给人毛骨悚然之感。

李远再怎么人情淡漠，毕竟遭逢长子身亡，整个人也憔悴得不成样子。因常年吸食大烟而苍白的脸，此时已经变成死灰色，口中喃喃说着："子死孙丧，只余一线……子死孙丧，只余一线！黄天师当年的箴言，难道真要应验了？"

你只好伏在二人的脚下，哀切地说道："爹，您和爷爷都得注意身子！江湖术士的话，不可尽信，您和江流，不是还好好的吗？"

"暂时……好好的而已。"李远森寒的声音，仿佛最无情的诅咒，令你禁不住直打哆嗦。

金探长也在场，黑缸般的脸上第一次显出愠怒的表情，这使他肥硕的身躯显得更庞大了："究竟是什么人这么大胆子，连李府大少爷和巡捕房探长都敢下手？禀老太爷、老爷，这桩案子，我一定要彻查到底！"

李远惊诧地看着他："听探长的意思……难道海潮和徐探长不是互杀而死？"

金探长冷笑一声："凶手当然希望贵府和巡捕房都是这么以为的，所以故意造成大少爷死于永邦枪下，而永邦死于大少爷刀下的假象。哼，可惜，他太小看金某人了。我仔细勘察了现场，发现徐探长死前，留下了一个至关重要的信息！"

李远咳嗽了好几声，才问："不知道是什么信息呢？"

金探长说："我不瞒诸位，目前这个重要信息，我还在破解之中，并未弄清它的意思。但我有九成把握，凶手就在——府上！"

此话一出，所有人都看向了他，连李惊霆也转了过去！

金探长接着说：'列位放心，等我向上峰请示，一定亲自带人仔仔细细搜查，务必把人给揪出来，给大家一个交代！"

李远一阵剧烈咳嗽，咳得快直不起腰来，这才艰难地说："金探长别见怪，衙门入府，是凶事。老太爷身体不好，这么一番闹腾，可别把他给吓着了。我觉得啊，这凶手……真不像是我们家出来的……我们家也没人有这本事，能杀得了大名鼎鼎的徐探长啊……"

他求助似的看向李惊霆，老人也张合着干瘪的嘴，说了两声。

冯博士向金探长说道："老太爷托我请你卖个面子，他说：'我李某人挣扎了一辈子，倒从没有被官兵进门抄过家。金探长，看我这么大岁数的分儿上，就不能手下留情吗？'"

金探长连忙拱手："老太爷，言重，言重啦！我这也是为了替大少爷查明真凶！再者……我自家也折损了一个兄弟，不能没有交代。"

冯博士立刻说："案子可以慢慢查，但徐探长的身后事绝不可敷衍。来呀，支一万大洋，请金探长转交徐家孤儿寡母。"

老何看了看李远，后者咳嗽一声："冯博士的意思，就是老太爷的意思，你还不快去办？"

老何立刻下去，不多时就拎着一袋沉甸甸的大洋，毕恭毕敬地交给金探长。

金探长黝黑的脸庞顿时透出一丝粉红，他示意身后的警察接住钱袋，又拱了拱手："多谢老太爷慷慨捐赠！不过……手下干将死了，我若没个明明白白的说法，以后弟兄们也没人服我啊……"

李惊霆颤巍巍地拍了拍身旁的冯为宪，那洋人便笑了笑，说："金探长不是一直想建一个警员俱乐部吗？我来跟F国人打招呼，请他们批地皮。费用嘛……不用你们出一厘子钱，老太爷全包了。"

"哎哟……"金探长的黑脸已经通红，亲热地抓起老人的手，像捧着世界上最贵重、最脆弱的珍宝般，小心翼翼摇着，"老太爷，您简直就是活菩萨！我们整个巡捕房都期盼您长命百岁，身子康健，这样咱们也能跟着过过好日子！不过……"他又干涩地笑了一声。

冯博士再次把耳朵伏到老太爷嘴边，听了一会儿，抬起头说："你们自己人死了，是一定要有交代的，这一点，老太爷明白得很。这样吧，七天，探长给李家七天时间，等过了大少爷的头七，太太平平送走了他，这宅子任你搜查。"

金探长感动地捂住胸口："您都这么说了，我再说半个不字，还有人情味吗？那我就不打扰各位爷了，您老人家节哀，保重！"

他板着脸来，却咧着嘴走了。你不禁在想，他一开始义愤填膺的样子，究竟是真的心系自己的属下，还是为了敲竹杠特意摆出来的？

再想深一层，你就更加不寒而栗——

为什么李远和老太爷都不想追查杀死李海潮的凶手，甚至……想遮掩过去？

这可是他们的儿子、孙子啊！

——表面上看，你不也是？

一想到此，你忍不住看向棺材，仿佛里面躺着的，是你自己。

你又控制不住地颤抖起来。

这时，你忽然发现，林霜梅穿着一身素色织锦无袖旗袍，静静站在棺材旁。她脸上未着半点脂粉，裸露着苍白清瘦的脸，目不转睛地看着里面的尸体。

那沉静专注的模样，既像在悼念，也像在……观察。

你陡然感觉，你所谓的家人，都有着虚假的外壳。在外壳之下，隐藏着的都是一个个可怕的秘密。当然，你自己也是。

互动54

A 你只觉在这宅府之中，虽有无限的财富，却也有无限的恐怖。你不愿把命送在这里，连夜逃走了。 　**进入150号剧情**

B 你准备有时间再找冯为宪谈一谈。这异域之人，似乎更让你觉得亲近些。 　**进入151号剧情**

局内人模式推荐选择 ▲

C 你回到了自己的屋子，安静而孤独地等待李海潮的头七。 　**进入153号剧情**

150号剧情

如今老王已死，宅外再没有能威胁到你的人。反而宅内，却是危机四伏。当夜，你离开了李府，一路上竟然畅通无阻。你甚至怀疑，是有人故意放你走。但已经不重要了，当你偷偷溜出后门的那一刻，你终于自由了，你不再是李江流，不再是亿万身家的继承人，你又回到了起点——申滩的一个小人物。

你隐姓埋名，找了份工，过着贫困但安定的生活。过了一段时间，你偶然得知，那个富可敌国但命运多舛的李府，继大少爷凶死、二少爷再度失踪后，又陆续遭遇了老爷、老太爷的暴毙。之后，竟忽然冒出了一个神秘的年轻人，继承了无主的万贯家财。

李远和李惊霆为何相继死去？那个神秘的年轻人又是谁？他怎么会得到财产的？你心中确实有这些疑问，并不无后悔地想，如果……如果当时你留在李府，他们二人死后，遗产不就是你的了吗？

但很快，你就笑了。你知道，如果他们二人也离奇死亡的话，你也绝不会侥幸存活的。

之后，你度过了平静无波的一生，迎来了新政府的成立。62岁那年，你悄无声息地死去了。关于那深宅之中的种种异事，终你一世，也再没跟任何人提起过。

游戏完结

对于身处其中的人来说，这样的结局，未必不是最好的结局。但是作为只把它当作一场"游戏"的"你"来说，一定不甘心就这样平淡无奇地终结吧？

当天晚上，你偷偷出门，准备去往冯为宪的小屋。可鬼使神差地，你的脚竟带着你自动来到了停放李海潮尸身的灵堂前。

快靠近那里，你才猛然回过神来似的，停住了脚步。一道阴森森的冷风，从灵堂里吹出，钻进你的衣服里，钻进你的身体里。你打了个寒战。那天晚上，李海潮浑身是伤、死不瞑目的模样，又浮现在你眼前。

这时，灵堂里传出一声轻轻的咳嗽。

你吓得魂不附体，差点瘫软在地，壮着胆子仔细一瞧，才发现，竟是李远坐在棺材边！

他没有抽烟却比抽烟时更显憔悴。脸上虽然没有表情，但眼中的悲怆之意，却是显而易见的。你不禁感叹，即使再无情的人，遇到灰发人送黑发人的惨事，也有脆弱的一刻。

接着，你又注意到，他手上拿着一小张残缺的照片。你离得太远，看不清晰，只能模糊看到是一个女人的剪影。

那女人是谁？你眯起眼睛，却也只能分辨出女人穿着一件老式的袍裙。那陈旧的照片分外眼熟，你想了很久，忽然回忆起来——这不就是前几天李惊霆交给你保管的，摄于十二年前的全家福中，你的"母亲"穿的衣服吗？

你记得，李惊霆说当年一怒之下，下令把照片都烧了。没想到李远看淡一切的外表下，竟也如此长情，还偷偷剪下原配的相片，保存至今。

那照这么说来……他并不是很爱林霜梅了？

你一愣，不知道自己为什么会联想到这么奇怪的事，摇了摇头，轻轻走开，转头向冯为宪的小屋走去。

这次，冯为宪没有听音乐，而是坐在桌前，读着一本厚厚的外文书。从封面看，应该是与医学有关。

"啊，江流，坐。"他用一贯的热情招呼你，接着认真看了看你的脸，"你心情很不好？"

你叹了口气："遇到这种事，谁的心情会好？毕竟是我大哥……算了，你们洋人淡漠亲情，看惯生死，不会懂的。"

冯为宪淡淡一笑："这么多年了，洋人对Z国人的认识越来越深，你们还是不了解洋人。我们一样重视亲情、害怕死亡，只是不像你们，在重视和害怕之余，另多了这么多繁文缛节。照我看来，你们在面对死亡时的那么多仪式，只是为了掩饰恐惧。"

"掩饰恐惧？"

冯为宪点点头："当老人寿终正寝，你们喜欢把丧事当作喜事来办，叫上一堆人大摆筵席——这是对恐惧自然死亡的掩饰。当青壮年不幸横死，你们会赶紧发丧，不愿尸体在家停留过长时间——这是对恐惧非正常死亡的掩饰。"

你皱起了眉："难道洋人就不恐惧死亡？"

"我们当然恐惧。"冯为宪立刻承认，"但当我们恐惧时，我们会思考如何战胜死亡，而不是炮制出渲染死亡的繁杂仪式——然后假装它是'天意'、是'命'。所以，特别是近百年来，我们的医术发展得很快，你们却止步不前。如果老太爷当年发病，找的是个中医，他这会子大概已经作古了。"

你脑中回忆起李惊霆如行尸走肉般被包裹在被褥里的样子，不禁说："可这样活着，又有什么意义？"

"只要活着，总会有希望的。"冯为宪认真地说，"人生存和繁殖的最大意义，就是将生命延续。Z国人把多子看成福气，除了契合农耕文明的生产方式以外，也是把自己的血脉传承下去。"

你笑了："西方人也讲究血脉吗？"

"当然，在西方，有很多存续了数百年的古老家族。他们，比

Z国人更讲究血缘。"冯为宪说，"不过如今我们有了一个更加确切的概念——基因。"

你一愣："那是什么东西？"

"很难解释，我展示给你看。"冯博士来到了书桌边。

你的心"突"的一跳，知道他又要去拿那本神秘的紫色笔记本。真是奇怪，只是一个本子而已，可你一看到，心中就会涌起一种既恐惧又崇拜的诡异之感。

这次，冯博士的动作更快，你只见紫色的皮面一闪，他就从中抽出一页笔记拿给了你。

·获得物品·

实验稿纸的形式，上面画了几个基因螺旋结构的草图。

一页笔记

因为某种特别的原因，最近对遗传学十分感兴趣。我重读了某国生物学家格雷戈尔在1865年发表的著作。不得不承认，这份报告虽然在当时不受重视，但意义无疑是划时代的。他提出了一个迷人的概念——生物的性状是由遗传因子控制的。我随后又研读了摩尔根等人的著作，发现万物之间都隐藏着一种"密码"，储存着生命的种族、血型、孕育、生长、凋亡等过程的全部信息。这种密码，被称为"基因"。简而言之，生命就是一种信息。我们现代人的身体里，还留存着千百年前智人祖先的一部分生命信息，这简直是超越神迹的存在。

　　但基因又是一种不断变化的信息。一方面，它能忠实地复制自己，这就是为什么同一血脉的人会有一些共同特征：比如相貌、身高、遗传病等等；另一方面，它又会产生无法预测的突变。这种变化有好有坏，通俗来讲，仿佛是上帝在掷骰子。这使我思考，一个优秀的人类、一个高等的民族，如何保持他们优秀的基因，而不因突变造成衰败呢？最安全的方法，当然是完全复制基因的信息，使其忠实地制造出一个同等优秀的下一代。但高等生物之间的有性繁殖将势必产生新的变异，于是，我有一种大胆的想法——如果改成无性繁殖呢？但这个想法过于离经叛道，势必会引起科学界的质疑甚至封杀，我必须要找到一个坚定支持我的赞助者，才可以进行相关实验。

看完纸上内容后，进入152号剧情 ↘

你放下那张纸，看着冯博士："这么说来……你我长相有如此大的不同，也是这个'基因'不同的缘故？"

"对，你已经懂了！"他高兴地点着头。

你看着他的金发碧眼，苦涩一笑："你一定认为，自己的基因很高等，而我们的很低劣。"

"不不不！"冯为宪连连摇手，"诚然，我们确实认为有一些民族是劣等的，但绝不包括你们——低劣的民族，怎么会拥有如此浩瀚的历史？怎么会创造如此精深的文化？怎么会建造燕都、申滩、应天等如此美丽的城市？"

"谢谢。"你笑了。

冯为宪认真地点着头："所以，像你们这样完美的民族，必须由更完美的民族来统治！"

"你说什么？"你一惊。

冯为宪仍是一脸严肃："你知道吗，世界上有很多很多的民族，每个民族有每个民族的特性。有的适合统治，有的适合被统治，有的……则适合被灭绝。"

"你凭什么决定谁是统治者，谁是被统治者？谁又是被灭绝者？"你大声说，"世界这么大，大家相安无事不好吗？为什么一定要侵略别国的领土，奴役别国的百姓？"

"我就知道你会激动，但我这么说，是有历史根据的。"冯为宪心平气和地说，"几千年的历史，Z国人被多少外来民族统治过？这些历史应该不用我给你讲解吧，其中，有的民族统治了你们两次，即使是最近的一次，距现在还不到二十年！"

"可现在不一样了！"你的怒火升起来了，"统治我们的，是我们自己人！"

"在牌桌上的，是Z国人，没错。"冯为宪依然不疾不徐，"可背后提供赌资的，是Y国人、F国人、D国人、M国人、R国人、岛国人……"

　　你不说话了，你的脑中自动地想象着广阔的国家疆域变成了一只羊、一头鹿，而四周都是奇形怪状、拿着刀叉的高大健壮的洋鬼子，他们都淌着涎水，想要比别人抢下更多的肥肉……

　　冯为宪看到你的表情，安慰道："不用怕，你们中强大而聪明的人——比如李老太爷，比如将来的你——也将是统治者。就像以前异族统治时期下的本土官员一样。"

　　换句话说，就是奴隶主中的奴隶、奴隶中的奴隶主。

　　你看了看冯为宪，想回应他这句话，但最终没有说出口。

　　在一瞬间，你对他所有美好的印象都毁灭了。你知道了，在他金发碧眼的漂亮外表下，在他文质彬彬的谈吐下，在他西装革履的装扮下，是怎样的真面目了。

　　他是烧了古代园林的两国联军的一个缩影；他是发动大屠杀的岛国军人的一个缩影；他是攻占燕都的多国联军的一个投影。

　　他是一群强盗、一群野兽的一个缩影。

　　你不再愿意和他说话了。

　　你离开了。

　　进入153号剧情 ➤

153号剧情

七天后，李海潮的头七。

在古老的传说中，亡者的魂魄会在死去的第七夜返家，吃上最后一顿祭饭后，才安心上路，离开人间。同时，阳世的活人在这一晚是必须回避的，不然若是撞见回来的魂灵，便会有极不祥的事发生。

因此，今夜，即使是家规严厉的李府，也默许仆人离府。下人们本就迷信，再加上大少爷又是凶死，刚近黄昏，府里就溜得只剩寥寥数人。

你也早早把自己关在房里，看着最后一丝残阳从天边褪去，然后黑了的天空就响起了呜咽般的风声。乌云仿佛漆黑的鬼魂，被风泣声吸引着聚拢过来，遮住了阴森的残月。

夜空一片漆黑，只有偶尔一道惊雷低低掠过，将整个宅子照出几秒的惨白，然后再重归于暗，接着啸叫出沉闷的低吼。雨水，就像夜的眼泪，在风与雷的哭叫声中倾盆而下。

灯笼都已换成了白色，一个个黑色的"李"字如墓碑上的铭文。而灯笼则于风中飘摇成了招魂幡，在地面投下阴森的倒影。

天气，就跟你入府那晚一模一样。

你站在窗前，思绪万分。

"笃，笃。"

忽然，轻柔的敲门声响起。

你颤抖了一下，关上窗，低声问："谁？"

"二少爷，给您送晚膳来了。"外面是老何的声音。

你心中莫名的恐惧才淡了一些，说："进来吧。"

老何推开门，恭恭敬敬地把食物放在桌上。

饭菜很丰盛，你的胃却不停往上泛着酸水，一口也吃不下，于是问老何："有没有酒？"

老何立刻回答："当然有。不知道少爷要喝哪种酒？"

你今年不过十七岁，喝酒的次数简直有限，根本不知道什么酒好。不由想起数日前，在老太爷处喝的洋酒，于是说："给我来一瓶西洋的葡萄酒吧。"

没想到，平时一说就动的老何却站定了，缓缓对你说："这洋酒……容小的劝您一句，可别喝。"

"为什么？"你一愣。

老何先问："少爷第一晚来府上，可曾在老太爷那里，喝了一杯葡萄酒？"

"没错。"你回答道，心里忖度着他问这话的意思。

"喝完之后，可有什么事情发生？"

"没什……"你刚张嘴，却皱起了眉，"等等……"

老何露出领会的表情："是不是，喝完酒不多久，就出了疹子？"

你看着他："你怎么知道的？"

"这事儿，要从我刚入府说起。"老何慢条斯理地说，"有一晚，老爷难得有兴致，请了冯博士、金探长等贵客吃饭。太太、大少爷自然也作陪。席上既然有洋客人，老爷便令我拿出领事馆送的上好葡萄酒，给列位助兴。谁曾想，大少爷脸色却变了，坚决不准我开瓶。"

"为什么？"你好奇地问。

老何说："原来啊，大少爷留洋这么多年，洋衣洋餐都习惯了，就是喝不惯这洋酒——何止喝不惯，有一次喝了，全身出疹子，若不是及时送医，说不定连命也送在国外了。"

你回忆起那日身上的神秘红斑，忍不住抓了抓手背的皮肤："这么严重？"

"老爷一开始也不信，非要喝，但被冯博士劝住了。"老何说，"冯博士说，这和情况是有的，叫什么……过敏反应。还说这种既不算病，也能算病，还会遗传。听了这话，老爷也没敢喝。"

你的心里涌起滔天巨浪："所以……我那晚身上起了疹子，正是说明我也遗传了，是真正的李家人？"

老何点头："没错。这事李家人起初都不知道，更甭说那些骗子了。之后，冯博士把此事告知了老太爷，他们二位靠着这一招，识破了不少冒充您的人。"

你的脑子又开始乱了。

你原以为，那晚是有人下毒害你未遂，没想到，竟是有人想"帮"你。

那么究竟……是谁在"帮"你？

他，真的是……"帮"你吗？

恍惚间，你听到老何似乎还在说话，粗暴地问："你说什么？"

老何一边观察你的神色，一边说："照相馆派人来了，看府里这情况……没敢过来。托我把新洗的照片拿给您，这是小样。"他把一张照片递给你，见你没说话，鞠了一躬，径自出去了。

可查看道具

这便是你数日前新拍的全家福，仍是李惊霆居中，李远和林霜梅站在他右手边，你和李海潮站在他左手边。

另一张黑白照片

你拿出之前那张黑白照片，两相对比，唏嘘不已。十二年过去，照片中两人已死，一人被冒名顶替，一人老病缠身。所谓的豪门人家，也抵不过岁月的雨打风吹，已是凋零殆尽。

忽然，你的目光停住了，双手不由自主地颤抖起来，仿佛发现了一桩极可怕的秘密！

互动55

此时，你是否发现相片上某个人不对劲？确定你的怀疑对象，然后仔细对比两张相片上"他"的脸。如果你猜对了：

进入154号剧情

蝴蝶效应：刻痕的研究

提示：在已取得12号蝴蝶效应卡的情况下，你如果没能猜到凶手是谁，可以进入卡片指向的剧情，得到关于真凶的确切信息。

"李远……也是被人冒充的？"你看着照片，忍不住出声对自己说。

"真有你的，居然发现了。"一声轻咳，一个深沉的声音从门口传来。

你立刻抬头，发现"李远"手拿烟枪，微笑看着你。

"你什么时候来的？"你站起身子，警惕地问，"不，先回答我——你究竟是谁？"

"首先，不管我是不是李远，都肯定不是你的父亲。""李远"慢条斯理地说，"我得承认，这么多年来，这么多骗子里，数你最没有破绽。"

你凛然："你是什么时候知道的？"

"从你一进门，我就看出来了。""李远"说，"我本想借老头子的手弄死你，没想到，他居然认了你这个冒牌货。"

"你自己难道不是冒牌货？"你反问，"你还没回答我，你究竟是谁？"

李远嘿嘿笑着："你先告诉我，你是怎么识破我的？"

互动56

A 长相		进入155号剧情
B 抽烟的姿势		进入156号剧情
C 抽烟的习惯		进入157号剧情

155号剧情

"当然是长相！"你指着照片说，"这两张照片上的你，容貌有很大区别！"

"李远"忍不住笑了："我还以为你有多大神通，原来只是瞎猫碰上死耗子！十二年过去，人的容貌当然会有变化！如果我连长相这一关都不够格，李海潮他们还不早就把我识破？"

他的笑容敛去："虽然你只是误打误撞，但我也不能留你这张嘴到处胡说！"

他挥舞着那柄沉重的大烟枪，第一下，就把你砸得牙碎唇歪。第二下，直接命中你的太阳穴，你立时晕了过去……

游戏失败

假"李远"潜伏李府十余年，若非长相酷似，早就被人瞧出不对了。他的破绽，一定在隐藏得更深的地方。

156号剧情

"是拿烟枪的手。"你指着两张照片说，"十二年前的李远，烟枪是放在左手，而现在的你，则是用右手拿烟枪。抽大烟上瘾的人，拿烟枪的手，和吃饭的手一样，一旦成为习惯，很难再变。"

"真有你的。""李远"笑了，"这个细节看似明显，其实几乎没有人能注意到。你在李府能存活到今日，果然还是有几分小聪明的。"

"那你不是更厉害？"你讥诮地说，"你可是冒充了十二年呀！你究竟是谁？"

　　"李远"摊开手："我以为答案已经很明显。"

互动59

聪明的你，一定知道他的身份了吧？
大声喊出他的名字——

进入158号剧情

157号剧情

　　"李远根本不抽大烟！"你说，"而你却是个大烟鬼！"

　　"李远"打了个呵欠："你冒充人家儿子，却连这点事都没搞清——李远若是不抽，这张十二年前的照片，他拎着杆烟枪做什么？"

　　你无言以对，暗自责怪自己，太不留心了。

　　他好整以暇　吸了一口烟，然后吐到你的脸上："你不是跟我说，也想抽大烟吗？今天，我就让你得偿所愿！"

　　一股熟悉的浓香袭来，你控制不住自己，昏昏沉沉地倒在了地上……

游戏失败

仔细留心你得到的每一个信息、听到的每一句对话，它们能帮助你活得更久。

205

158号剧情

"李迁！"你说，"你是那个失踪的堂叔，李迁！"

"难得你还记得这个名字。"他的脸变得很冷峻，"我以为这个家，不会把这种觍着脸上门来求事做的穷亲戚放在心上的。"

"所以……当年神秘失踪的，并不是李迁，而是李远？"你说，"你……害了他？"

"不，不是我害的。"李迁说，"是大烟害了他。"

"大烟是慢性毒物。"你说，"你若想解决他，恐怕会嫌太慢——毕竟，你到现在还没被大烟杀死。"

"不，大烟的毒性可以致命。"李迁一笑，"如果不是抽它，而是吃了它的话。"

"大烟就酒，小命立时没有……"你喃喃念着这句俗语，又问，"可你为什么要杀他？"

互动58

A 为情	进入159号剧情

B 为财	进入160号剧情

159号剧情

"你害了李远，仅仅是为了钱吗？"你说，"如果只是为了钱，你竟忍了十二年，还没动手？"

"难道除了为钱，我就不能对他动手？"李迁吼道，"是他把我当一条狗一样使唤，所以我不能对他动手？是他把我从小定亲的女人硬抢走，所以我不能对他动手？"

"定亲？硬抢？"你愣住了。

"没错，李海潮和李江流的母亲，本是我未过门的媳妇儿，我的——秀荷。"李迁咬牙切齿地说，"只是老头子听江湖骗子的话，说若是儿子娶了她，能保他家万世香火永继，就把她抢走了！"

"有这事？"你一惊，"我竟从未听说过。"

李迁冷笑："只是抢了个穷亲戚的媳妇而已，对他们来说，好比从自家菜地里择了一棵菜，有什么值得在意的？他们可不会顾及下等人的感情。只为一个好彩头，我一辈子的命运，是随时可以牺牲的。"

"所以……你就害了李远？"你胆战心惊地问。

满怀恨意的苦笑，把李迁的脸扭曲了："你太看得起我了，我从小就跟着爹妈在李家讨生活，又怎么敢反抗？直到，李远杀了他的妻子、我的爱人。"

"李海潮和李江流的母亲不是病死的？"你被一个又一个的惊天秘密惊呆了，"是被李远害的？为什么？"

互动59

| A | 因为李海潮 | 进入161号剧情 |
| B | 因为林霜海 | 进入162号剧情 |

160号剧情

"你跟我一样，都是为了钱吧！"你说，"既然如此，李远、李海潮都死了，只剩一个老头子，你我大可以联手，平分了这偌大家产！"

听你说了这番话，他大笑，笑的时候却夹杂着哭音："是啊，他们死了，都死了……既然如此，我干吗还要多留一个人跟我抢呢？"

他的眼中与手中同时寒光一闪，你只觉喉头一凉，接着大股鲜血喷涌而出……

游戏失败

李宅犹如一处深潭,水面之下隐藏着可怕的秘密。
如果留意之前的剧情,你可能会瞧出一些端倪。

161号剧情

"还记得李远为什么要娶她吗？为了多子多福。婚后，她确实生了两个儿子。"李迁的脸上露出变态的笑容，"只是，大的那个，是我的！"

"李海潮是你的私生……"你捂住了嘴。

"有钱有势又怎样？他只能霸占秀荷的身子，却占不了她的心！"李迁大笑，"她的新婚夜，毕竟是跟我过的！"

"然后，李远发现李海潮不是他的亲生儿子后，就把她给……"你问。

李迁的脸沉了下去："没错，他对她下了毒！因此，我也要以牙还牙，让他尝一尝毒药的滋味！不光如此，我还要霸占他的一切，才能解恨！"

"你杀了他，然后顶替他？"你说，"但两个人容貌再相似，李府这么多人，总会瞧出破绽吧？"

李迁笑了："所以我先让老头子最疼爱的二孙子神秘失踪了！这事儿可太容易了，五岁大的孩子，怎么会想得到最爱扮马给他骑的迁叔会害他呢？"

"然后老太爷大发雷霆，把下人们都赶走了。你趁着府里空虚，就害了李远，自己李代桃僵？"你说，"恐怕……老太爷的眼睛，也是你毒瞎的吧？"

"他本该被毒死的。"李迁恨声说，"但老东西一天到晚追求长生不老之道，吃了许多奇奇怪怪的药丸，居然没死。不过他既然瞎了，这府里也再没人能识破我了。"

"可以识破你的人，还有管家老王。"你说，"你当年不光是想设计赶走他，还想把他当替罪羊吧？"

"怎么说？"李迁一挑眉。

你冷笑说："李江流的玉佩随身不离，怎么那么巧掉在后院，又那么巧被老王捡到？"

李迁摸了摸鼻子，仿佛很得意："这小子当年在府里做事就不干净，我以为他一捡到玉佩，就会立刻卖了换钱的，到时来个人赃并获。没想到他居然还有点脑子，逃过一劫。不仅如此，还训练出你这个宝贝来。"

"可惜，十二年后，还是没逃得出你的手掌心。"你想起了老王沉江的尸首。

李迁撇撇嘴："贪得无厌，他自找的。看电影那天晚上，你是不是偷偷溜出去跟他接头了？你可知道，电影散场后，他躲着没走，之后还找上了我？他的心思，是两头发财。如果到时你凑不够给他的钱，就向我告发你，赚一笔告密费。结果这奴才眼睛真毒，居然看出我不是李远，还要挟我！嘿嘿，我已经满手血腥了，再让一个人永远闭嘴，又有什么难的？你真应该感谢我，看我手脚做得多干净！只可惜，最后还是你自己坏事，让姓徐的怀疑到我们家了。"

"可是……"你低声说，"你还害了徐探长，和自己的……亲生儿子。"

李迁的脸灰暗下来："我不想的，我也没有办法……他看到了我对老王下手，一定要告发我！要知道，在他眼里，我是害了他母亲的凶手！他已经恨了我十几年，只要有机会，一定会让我死无葬身之地！"

亲手杀子的痛苦，反而激发了李迁的狠劲。他轻轻一按大烟枪上的龙头，一片锋利无比的刀刃"锵"的一声从龙尾处弹了出来。他怪笑着说："我特意定做的，刀刃是百炼精钢淬炼而成，平常藏在烟枪里，根本看不出来，杀人可方便得很——洋人的这些奇技淫巧，叫人不得不服。"

他像举着上了刺刀的长枪一般，一步步向你逼近。

蝴蝶效应：M1900

进入163号剧情 →

162号剧情

"难道李远是想娶林霜梅过门，才害了她？"你说。

李迁冷笑："你太瞧不起李远了。他想要谁，秀荷还管得了他吗？"

接着，他的面容变得很凄楚："秀荷很不幸，死得缓慢而痛苦。你就走运多了……你至少死得很快。"

你的眼前寒光一现，接着胸口一阵剧痛……

游戏失败

李宅犹如一处深潭，水面之下隐藏着可怕的秘密。
如果留意之前的剧情，你可能会瞧出一些端倪。

163号剧情

你反应倒也迅速，抽出一直在身的短刀，与李远周旋开来。

但，一寸长，一寸强。

李迁那把是装着刀刃的大烟枪，进则刀光剑影凶险异常，退则可使得如棍棒般水泄不通。他轻轻一刺，就在你身上留下一道创口。而你拼命挥刀，则被坚如金铁的枪身挡住。

"慢，慢着……"你颓然倒地，对步步紧逼的他连连摇手，喘着气说，"老太爷的遗嘱已经立好了，你就算杀了我，也拿不到财产！"

"此一时，彼一时。"李迁耸耸肩，"他把家产传给你，只是因为要迎合算命的卦言。若你不在了，哪里还有什么'平步青云'

之说？到时，他再瞧不上我，也不得不认我这个儿子了。毕竟是我，手刃了害死他长孙的冒牌货……"

你大惊："你要让我做替死鬼！"

李迁没有回答，来到你身边，高高举起烟枪，直直刺了下去……

游戏失败

李迁的烟枪当真厉害，想要赢他，必须有件更厉害的武器才行。
只是……哪里才能找到这样一件武器呢？

"砰"的一声，如放爆竹般。

只是，爆竹声迎接的一般都是喜庆，而这声响，迎接的却是死亡。

李迁的手再也拿不住烟枪了，他松开手，捂住了汩汩冒着鲜血的胸膛，倒在了地上。

你轻轻吹了吹手上短枪枪口袅袅的青烟，把烟枪踢到一边，然后说："这是M国的手枪，平常藏在腰间，根本看不出来，防身可方便得很——洋人的这些奇技淫巧，叫人不得不服。"

李迁低着头，看着正在流血的身体，抬起头来对你笑了笑，说："人家说，抽大烟的人，心、肝、肺都是黑的，果然没错。"

然后，他细弱的呼吸就停止了。

【李老爷的独白】解锁。

你喘着气，也一屁股坐到地板上。这时，你才意识到，自己亲手……杀死了……一个人。

你直愣愣地看着李迁。此时一动不动的他，比方才拿着烟枪要杀你的他，似乎还可怕得多。

冷静点，现在就像下棋一样，吃其一子，满盘皆活。你对自己说。

杀掉李海潮和徐永邦的凶手找到了，他甚至多年前还杀了李远取而代之。这样一个家族败类，居然是被你亲自击毙的，你该有多大的功……

这时，门口传来瓷器碎裂的声音。

你惶惶然抬起头来。

互动60

| A | 进入165号剧情，开启"雷霆万万古"故事线。 | 进入1号黑色剧情 |

常规结局 ▲

| B | 如果李江流的能力值达到12点，则可开启"月满大江流"故事线。 | 进入11号蓝色剧情 |

| C | 如果林霜梅对你的好感度达到8点，则可开启"绝知春意好"故事线。 | 进入3号红色剧情 |

> 提示：本游戏从这一刻开始，将分离出三条互相平行的故事线，分别指向完全不同的大结局。你之前所做的选择，决定了你最终的命运。

主剧情完结

请继续阅读后续解锁剧情！

图书在版编目（CIP）数据

传闻中的二少爷 / 捌望月 著 . 一武汉：长江出版社，
2020.11
ISBN 978-7-5492-7447-5

Ⅰ . ①传⋯ Ⅱ . ①捌⋯ Ⅲ . ①长篇小说 – 中国 – 当代

Ⅳ . ① I247.5

中国版本图书馆 CIP 数据核字（2020）第 234814 号

本书经捌望月委托天津漫娱图书有限公司正式授权长江出版
社，在中国大陆地区独家出版中文简体版本。未经书面同意，
不得以任何形式转载和使用。

传闻中的二少爷 / 捌望月 著

出　　版	长江出版社				
	（武汉市解放大道1863号　邮政编码：430010）				
选题策划	漫娱　巴旖				
市场发行	长江出版社发行部				
网　　址	http://www.cjpress.com.cn				
责任编辑	江　南				
特约编辑	许斐然				
总 编 辑	熊　嵩				
执行总编	罗晓琴	开　本	787mm×1092mm 1 ／ 32		
装帧设计	朱　可　李梦君	印　张	6.75		
插画绘制	三　秒　wuli熊吉　李大鱼pia	字　数	274千字		
印　　刷	武汉新鸿业印务有限公司	书　号	ISBN 978-7-5492-7447-5		
版　　次	2020年11月第1版	定　价	49.80元		
印　　次	2020年12月第1次印刷				

电话：027-82926557(总编室)　027-82926806（市场营销部）

雷霆万万古

黑色剧情线

1号黑色剧情

门口处，林霜梅一手低垂，一手捂唇，面无血色地看着眼前的一幕。地板上，白玉人参羹洒了一地，冲淡了浓厚的血红。

你慌乱将手枪扔远，站起："别怕，不是你想的那样！"

你扶着林霜梅坐下，将事情原原本本地讲给了她听，包括自己的冒牌身份。说也奇怪，对着自己这杀人凶手，林霜梅却也不害怕，只是静静听着。

一口气说完，你低叹一声："你……送我去巡捕房吧。"

林霜梅的眉梢微微一扬："为什么要去？"

你诧异地看着她。

林霜梅淡淡问道："如你所说，老爷和李海潮都不幸惨死，真正的李江流想来也是凶多吉少，你此刻认罪，除了让老太爷丧失最后一点活下去的念头，还有什么用处？若他悲痛去世，你锒铛入狱，剩下偌大家产，被无数虎狼吞噬——这难道是你想要的结果吗？"

你立刻摇头，同时感觉，一个渺小却光芒万丈的希望在心头悄然燃起。

林霜梅的一双美眸深深注视着你："如今的状况，不是很好吗？虽然老爷、大少爷和徐探长都已经被李迁这个奸人害死，但还好二少爷智勇兼备，击毙了凶手。老太爷知道后，想必也是很宽慰的。"

听了她这番话，你心头火热，一把握住了她的手："姐……"

林霜梅嫣然一笑，轻轻抽出手来，又拿出一方香帕，在你脸上轻轻擦拭着："瞧你，慌得满头大汗。"

你看得分明，初入李府那晚，她替你擦去血污的那块锦帕上，绣的是一枝寒梅，如今这块，却绣满了桃花，让你恍惚间感觉到绵延春意。你继而又想到，不过短短十余天，你和她之间不可逾越的鸿沟就被奇妙的命运填平，不禁再次握住了她的手："梅……"

这个字实在是太过大胆，你一说出口，心脏就剧烈地跳个不停。你深深吸了一口气，想稳住奔流的情感，却忽然发现心跳得更加厉害了。不止如此，你的头嗡嗡作响，呼吸几乎停止，脸上、身上起了无数红斑——简直，就跟初入李府那晚的诡异反应一模一样！

林霜梅轻轻挣开你的手，任由你失去平衡后重重摔在地上。

"有……有毒……"你的喉咙"咔咔"作响，已经不能正常呼吸。

"真可惜，你本来可以成为我的盟友。"林霜梅说。

"盟友？"你睁大了眼。

林霜梅淡淡一笑："你和老王，一定觉得自己很聪明吧？尽心尽力模仿李江流，想要混进李家发一笔横财……殊不知，如果不是我，你入府当晚就要死于非命。"

你痛苦地看着自己身上冒出的一个个疹子。

"没错，李家人只要喝了洋酒，就会出现这样的反应。"林霜梅说，"可你这个冒牌货，怎么也会这样呢？那是因为我做了小小手脚。至于是如何下的手，你不必知道了。"

"为什么……"你艰难地问。

"为什么帮你掩饰，现在又要害你？"林霜梅说，"只因你已经帮助我达到了目的——现在李迁、李海潮父子已死，除了一个糟老头子，就只剩你挡在我的面前。既然如此，我为什么不杀了你，选择更好控制的那个白痴二少爷呢？"

"他到底……是不是真的……"你问出那个萦绕在你心头好久的问题。

林霜梅耸了耸玉肩："很遗憾地告诉你，他确实是真的。当年我与李迁联手，约好杀死李远和李江流，他却暗自把这孩子留了下来——只是不知怎的，竟变成了白痴。后来他见我私下帮你，知道我已准备放弃他，于是又把这白痴放了出来，想利用李海潮这个愣头青替他搅局。只可惜啊，他自己生的儿子，自然是遗传了他的成事不足败事有余，最后只是多了一场闹剧而已。不过前人栽树后人乘凉，倒又给我提供了一个更好控制的棋子。"

你的脸上忽然挤出一个扭曲的冷笑。

林霜梅跟着你一起笑："我知道你在想什么，你是不是觉得，老爷子不会认一个痴呆的孙子？没错，他在世时，是不会认。可他如果死了呢？只要我能证明这傻子是李家的子嗣，那所有的财产，就是我的了——而我之前已经说过，自己的儿子、孙子在几天之内全部死绝，他老人家还能活得下去吗？"

说完，她带着有些悲悯的表情，举着李迁烟枪上的利刃，慢慢刺进你的胸膛。

你的呼吸从急促变为迟缓，然后断断续续，最后停止。

死在这个女人手上，倒也……值了。

你死前的最后一个念头，居然是这个。

【系统提示：玩家角色由假李江流变为林霜梅】

你没有看错，你所扮演的假李江流已经死了，但是游戏并没有结束。接下来的剧情里，你扮演的角色不再是假李江流，而是林霜梅这个艳若寒梅、心如蛇蝎的女人。你会帮助她，实现她最初也是最终的野心吗？

角色虽然变了，但你的目标没有改变——仍然是夺取李家的财产。

目前，李府的一子一侄两孙，均已非死即痴，夺产之路的障碍，只剩下一个人。

李惊霆。

这个神秘的老人，看似虚弱无比，却仿佛拥有无穷无尽的神秘力量；看似目盲，却仿佛能洞悉一切；看似命不久矣，却有着顽强的生命力。

要对抗他，你必须要找到新的强援。

这个人会是谁呢？

首先，他必须能被你收买；其次，他必须有足够的实力，能在关键时刻助你一臂之力。

你的选择是……

互动

A 管家老何	进入2号黑色剧情
C 冯为宪	进入3号黑色剧情
D 曹锦鸿律师	进入4号黑色剧情
E 金享廉探长	进入5号黑色剧情

2号黑色剧情

你穿过空无一人的院子，来到老何住的小屋里。你威逼利诱，他却说什么也不敢违抗老太爷和洋鬼子，不停对你磕头求饶。

你怒极之下，处理了他，然后径直来到李惊霆的小屋……

第二天，你的尸体和"李远""李江流"的一起，被挪到李海潮的旁边。当天晚上究竟发生了什么，没有人知道。

游戏失败

一个无权无势的下人而已，即使他同意帮助你，
难道就能控制局势吗？

3号黑色剧情

你偷偷来到冯为宪的居所，本想威逼利诱，将那洋人拉入你的阵营，但那里空无一人，他似乎还在李惊霆的小屋里。于是你又走入了最东边的小屋。

之后，就没有然后了。你进门后，个别留下的仆人遥遥地听见几声枪响，却没敢去查看。

第二天，你的尸体和"李远""李江流"的一起，被挪到李海潮的旁边。当天晚上究竟发生了什么，没有人知道。

游戏失败

冯为宪已然成了李惊霆的代言人，想收买他，实在是太难了。

4号黑色剧情

你偷偷出府，趁夜造访曹锦鸿律师。这假洋鬼子本就见钱眼开，一听你许下的若干好处，立刻拍着胸脯保证到时帮你改遗嘱。你安心地回到府中。

次日，金探长带着一帮警察闯入你的房中，以谋杀亲夫、继子之名逮捕了你。审讯时，他顺手把曹律师也抓了进去。还没动刑，曹律师就招出了你当晚找他的事来，这下人证都有了，几天后，你被插着"毒妇"的牌子游街示众，然后被处决在一片连一朵花也没有的丑恶荒地上。

游戏失败

与小人合作，取祸之源也。

5号黑色剧情

你偷偷出府，趁夜造访金厚廉探长。你猜得没错，像他这样的枭雄，表面上跟李府很亲热，其实早就想染指李府的财富，只是忌惮李惊霆和那洋人罢了。如今内部有人主动投靠，他自然笑纳。一个心狠手辣的大亨，一个心如蛇蝎的艳女，两人一拍即合，又互相提防，竟形成了一种微妙的默契。你们把分赃的条件谈妥后，金探长便带着人，冲入李府"查办凶案"。

"唔……棘手，棘手。"金探长故意皱着眉，说。

你已经哭得带雨梨花："探长，一定要为我的丈夫、儿子找出真凶！"

金探长假装不睬你，而问仵作："死因查清了吗？"

仵作说："报告，李老爷的死因是胸口一处枪伤，凶器是一把M1900式手枪，被发现握在……李家二少爷的手上。"

金探长故作震惊："什么？那二少爷的死因呢？"

仵作说："直接死因，应是胸前的刺伤，凶器是一杆特制烟枪，刀刃平时是隐藏着的。正是李老爷常用的那一支。"

你美丽的眼睛颤动着："竟然是……父子相残？可这是为什么？"

金探长思索一番，问："二少爷的枪，是哪里来的，查得到吗？"

仵作说："是黑市的私枪，很难查清来源。但有人说，李家大少爷曾有过一支一模一样的。"

金探长仿佛灵光乍现般，又问："大少爷的尸体是和徐探长的一起被发现的，徐探长当时不也是胸前被刺而死吗？"

"没错，创口一寸宽。"仵作说，"与二少爷的伤口一模一样，我怀疑，凶器也是这杆烟枪。"

金探长沉吟道："如此说来，大少爷虽然是死于枪伤，但倒不一定是徐探长开的枪。"

仵作小心翼翼地问道："您难道怀疑……七日前，是李老爷先杀了徐探长，然后再用他的枪，杀了大少爷？"

"胡说！"金探长厉声道，"我刚才已经问过李夫人了，她做证，徐探长和大少爷遇害的那晚，李老爷一直在家。倒是二少爷，那天很晚了才回府。"

仵作愣了愣："您的意思是……"

"什么我的意思？"金探长更严肃了，"没有谁的意思！事实真相才是最大的！我再问你，金浦码头的无名男尸，也就是徐探长追查的那个，是怎么死的？"

仵作擦着汗，说："虽然伤口已经被泡烂了，但应该也是被一寸宽的刀刃所伤。"

你低声说："那杆烟枪，其实老爷已经丢了好几天了。"

金探长点点头："那真相大白了！"

"大白了？"仵作一愣。

金探长瞪了他一眼："我收到线报，无名男尸其实姓王，多年前曾任李府管家，后来被赶了出去。同时，他是当年拐卖二少爷的嫌凶之一。"

仵作点点头，没敢问是哪来的线报。

金探长继续分析："我认为，王姓死者当年将二少爷拐走，本想敲诈一笔，但忌惮李家势力，怕露了马脚，只好悄悄将人卖掉。但他并未死心，于是又寻到一个长相酷似二少爷的人——就是眼前这人——训练多年后，来到李府行骗，谋夺家产。成功骗过李家人后，王姓死者与冒充者产生利益分歧，冒充者便偷了李老爷的烟枪，杀死了王。

"我猜，大少爷发现了冒充者杀人的事，便准备告知办理此案的徐探长。没想到冒充者一不做二不休，又将他们二人残杀。然后就到了今夜——李老爷识破了他的奸谋，两人争斗之时，李老爷夺回烟枪刺中了他，而他用偷来的大少爷的私枪打死了李老爷。整个案情，便是如此，你说对吗？"

仵作的小眼睛滴溜溜乱转，不敢说不对，也不敢说对。他隐隐约约觉得这段案情分析有不少说不通的地方，又不能细问。他只知道，以前有很多更说不通的案子，被金探长一断，最后也莫名其妙就通了。

最后，他自己也想通了，说："小的只管分析死因，至于案情如何，全凭探长做主。"

金探长叹了口气，说："真是人间惨案，数日之间，竟死了五人！我得好好想想怎么跟老太爷说这事，才不至于让他过分悲痛。"

"不用说了。"一个声音在门口响起。

你和金探长都扭头望去，只见冯为宪穿着一身白大褂，脸上无喜无悲，说："就在刚刚，老太爷仙去了。"

进入6号黑色剧情 »

6号黑色剧情

短短半个月，却已经是李府的第三次葬礼。

短短几天，李惊霆死讯散播出去后，无数自称亲戚的人从全国各地乃至海外赶来，名为吊唁，实则都想从这无人继承的庞大遗产中分一杯羹。

老何依然尽心负责着整个葬礼，他的表情悲怆，内心却雀跃得很。这几天，他以办丧事为借口，已经偷偷卖掉不少房产和古董，此刻已经是盆满钵满。

现在他正享受着访客们夸赞他是"忠仆"的时刻，忽然听到有人通报："太太携二少爷来了！"

二少爷？

老何讶然抬头，只见有两人一身缟素，走进大堂。走在前的是你，后面牵着的少年……赫然跟死去的二少爷——不，是跟死去的冒充者长得一模一样！

老何揉了揉眼睛，总算想起这人的身份来了，赶紧快步上前，拦住你们："太太，您这是唱的哪出啊？"

你冷然看着他："真是大胆的奴才，老太爷、老爷、大少爷都不在，你就当李家没人了？竟敢这样和我说话！"

"是老太爷、老爷、大少爷、二少爷都不在了。" 老何冷笑着纠正你。

你玉臂交叉，环在胸前，眼睛自上而下冲他一挑："没长狗眼的奴才，二少爷不活生生站在你面前吗？"

老何冷笑道："这位小爷我可认得，不就是前几日老太爷立遗嘱时，大少爷不知道从哪儿找来的宝贝吗？当时就说了，是个假的。如今老太爷一走，您怎么又把假的当了真呢？"

"因为，此人就是真的李江流。"一个声音响起。

老何回头望去，竟是金厚廉探长，他结巴了一下："金……金探长，您怎……怎么也帮着这女……女的说话？"

金探长正色道："我只是在依据事实说话罢了。前几日李府发生凶案时，巡捕房已有定论，死了的二少爷是假的，他是杀了码头男子、徐探长、大少爷、李老爷的真凶。这也说明，真正的二少爷另有其人。"

老何鼓足勇气，奋力顽抗道："即使这样，也不能证明这个傻子就是真的二少爷啊！"

"信不信，还由得你？"你从手袋里抽出一张纸来，"这是申滩伯特利医院出具的证明，证实这孩子确系李家的子嗣无疑，上面还有院长罗便臣先生的亲笔签名。"你又冷笑一声："老太爷的遗嘱写得清清楚楚，他去世后，全部遗产都由二少爷继承，你一个下人，竟敢怀疑他的身份！"

"那份遗嘱……并不是那个意思吧。"冯为宪一身白色西装，忽然也出现在大堂里。他的身后，站着一名穿着长绸衫、一副遗少打扮的青年。两人一中一西，显得极不协调。

你的双目留神打量那名满脸精干之色的青年，嘴巴则冲着冯为宪问话："你这是什么意思？难道是想篡改老太爷的遗愿吗？"

"我可不敢，也没人敢。"冯为宪不慌不忙，唤道，"曹律师。"

听到洋人召唤，曹律师旋风般出现，先冲冯为宪和那青年深深鞠了一躬，然后从公文包里抽出一张宣纸，在你面前晃悠，"听说夫人出身书香世家，应该认得字吧？您瞧瞧，这张可是当日的遗嘱原文？上面各位爷的画押可都无误？"

你听出他对你的讽刺，不便发作，看了看纸，点头："确是原件。"

你伸手想要接过，曹律师却缩了回来，清了清嗓子，念道："吾，李惊霆，字承露，东乡人士……今立遗嘱，教与儿孙知道：吾死之后，家财尽归胸有'从云'之人所有，其余子孙均无权继承。旁人不得置喙！"

"对，就是这句！"你立刻说，"胸有'从云'之人！"

你冲金探长点点头，他心领神会，一把撕开那白痴的衣襟，露出他胸膛的胎记。

你对着冯为宪冷笑："这个云朵胎记是什么意思，你不会不清楚吧？"

冯为宪居然毫不犹豫地点头："我知道，二少爷胸前就有这么一块胎记，而他，确实是失踪多年的李江流。"

老何一愣："冯博士你也承认？难道你们也是一……一……"他嘴巴开合，终于还是没把"伙"字说出来。

你也犹疑不定，没想到这洋鬼子这么快就承认了，难道是另有阴谋？于是你试探着说："既然冯博士也承认他是二少爷，那曹律师便赶紧办理财产交接手续吧。"

你扫了一眼老何："办理时，我要帮二少爷好好清点清点！"后者立刻面如土色。

"不对。"冯为宪忽然说，"我只是承认他，并没有说他有资格继承财产呀。"

你怒极反笑："这是什么西洋玩笑？你既承认他，又不肯让他继承财产？谁给你的权力？你们洋鬼子在我们的国土上横行惯了，以为李家也吃你这套？"

冯为宪耐心地说："夫人别急，请你再看看遗嘱最后一句。"

"吾死之后，家财尽归胸有'从云'之人所有，其余子孙均无权继承。旁人不得置喙！"你念道，反问，"这不就是说的李江流吗？"

"所谓从云……"冯为宪冲青年点点头，后者一言不发，迅速脱去他身上的长衫。

等他袒露出精壮厚实的胸膛，你和众人惊讶地发现，他的整个上身都文着一头张牙舞爪的怪兽！它看起来像是一只巨大的黑色蜥蜴，头上却长着两只长长的犄角，背后则生出一双蝙蝠般的肉翅。

金探长皱眉看着那文身："倒不像是哪个帮派的记号……"

"是龙！"曹律师得意地显摆，"还是西洋的龙！"

"古文里说，'云从龙，风从虎，圣人作而万物睹'。"冯为宪说，"你们都把老太爷的遗嘱领会得太浅了。他所指的胸有'从云'之人，并非胸有云状胎记，而是文有飞龙文身的人！"

你轻轻一笑，然后板住了脸："一个洋鬼子，一个假洋鬼子，搬出一个胸口文了个四脚蛇的人，就想谋夺我李家的财产？"

冯为宪叹了口气，苦笑："果然……"

"果然不会让你轻易得逞，是吗？"你咄咄逼问。

"果然你不会轻易接受事实。"冯为宪说着，眼神示意了曹律师。

曹律师从公文包里又拿出一张宣纸，上面斑斑点点，写满了红色的草书。

他将宣纸高高捧起："大少爷头七当夜，老太爷觉知自己不久于世，于是请冯博士和我做证，对遗嘱一部分细节进行了明确，并写下血书，承认各位面前这位小李先生，乃是他的远房侄孙。"

"远房侄孙，怎么比得上嫡孙？"金探长斜了一眼那胸口文着怪龙的青年，冷冷地说，"作为前一份遗嘱的见证人，我不认可这份遗嘱！"

曹律师矜持一笑："那晚我们想找您来着，可您忙着办案，就没敢打扰。不过呢……F国驻沪总领事马杰礼先生也签字认可了。"

听到后半句话，金探长黑黢黢的脸竟有些白了，他张了张嘴，最后没有说话。

老何看了看胸有成竹的冯曹二人，又看了看黑面转白的金探长，然后看了看你，最后看了看那名赤裸上身的青年，忽然跪下大呼："这位爷是老太爷的儿子！你们看，他的脸跟老太爷挂在房里的那幅画像，可不是一模一样吗！"

一直未发声的青年闻言，忽然仰头发出一声长笑，径直走到灵堂正中，掀开李惊霆脸上的白布，厌弃地看了一眼，便再也不理周围众人，头也不回地向李府东面走去。

那里，正是李惊霆生前居所的方向。

你看着他的背影，一个疑问在心底生出。

这人……对李家怎么如此熟悉？

这时，老何挂着一脸怪笑，走到你面前说："林小姐，虽然你带着外人假冒二少爷出来招摇撞骗，但还好新任家主宅心仁厚，不跟你计较。怎么，你还不快走？'

你假装讶异地看了他一眼："我为何要走？"

"你……"

你风情万种地拢了拢头发："我？即使丈夫没了，可我还是李远的太太，这一点，他死或没死，都无法改变。只要你那位新主子不摇头，我就还是府里的女眷，你这个下人有什么资格撵人？"

说完，你冲他嫣然一笑，以颠倒众生的姿态，慢慢向最东面的小屋翩然走去……

一年后，金浦码头。

冯为宪拎着行李箱，看了一眼码头的巨轮，笑着和身旁的友人作最后的道别。

他的友人虽然是个青年，但一头短发、身着马甲、脚蹬长靴，俨然是时髦的西化打扮。此人是数月前来申滩的传奇人物，居然以远亲身份，继承了李家的亿万财富。坊间传说，他是李惊霆老爷子在外的私生子。说起来，此人一接手后便展露出杀伐决断的厉害手段，确有老爷子当年的风采。

此时，他伸出手来，紧紧握住冯为宪的双手："真的这么快就要走了吗？"

冯为宪露出骄傲而憧憬的笑容："我效忠的人现在已是D国国会最大党派的领导人，我必须要回去，贡献我的知识和智慧。"

青年用力点了点头："我相信你一定会成为你们党派最出色的人物，因为，我就是证明你天才的最好作品。"

冯为宪大笑："你是我的第一个作品，却不一定是最好的。"他又压低了声音说：'我制作的第一个身体并不是完美的，你又催我迅速让他发育成熟，这就留下了许多隐患，我保守估计，它的使用寿命只有五年。"

"五年？"青年淡淡重复，接着笑了，"五年足够我做许多事了。"他的目光回望，只见不远处，一个清丽的女子如傲霜寒梅

般俏生生立着，一袭剪裁合适的旗袍，却已渐渐遮不住她隆起的小
腹。

游戏结束

绝知春意好

红色剧情线

1号红色剧情

一想到林霜梅，鬼使神差地，你又偷偷拿出那方锦帕。它仍散发着清香，与你那抹血迹的淡淡腥气交融在一起，使得你的心中产生了一种异样的情绪。

- 你现在可以选择跳回33号剧情的互动12继续思考 ✈
- 也可以直接睡觉进入42号.剧情 ✈

2号红色剧情

你穿过马路，回到剧院。经过一楼大厅时，只见雪柜里放着一排排玻璃瓶，里面的褐色液体闪着诱人的光。你想起来了，这就是传说中"怡悦齿颊，止烦解渴"的"洋汽水"！

据说，这洋汽水看着像中药，入口却是意想不到的甘甜。你一直想喝，也一直舍不得。如今一想到手里好不容易得来的一点钱即将落入老王的脏手，你索性咬了咬牙，一口气买了两瓶。

进入包厢，李远已经睡着了。林霜梅仍目不转睛地看着银幕。你坐到她身边——这次，比方才丛得近了一些，然后用冒着水汽的瓶子轻轻地碰了碰她白皙的小臂。

"这是什么？"沁凉的触感使她一惊，低声问。

"洋汽水。"你回答。

"洋汽水？"她疑惑地重复着这三个字。这是第一次，你见到她冷艳的脸上出现小女孩般困惑懵懂的表情。

"洋人的糖水，很好喝的。"你鼓励她尝一口。

她迟疑着将玻璃瓶凑到唇边，鼓起勇气啜了一口。她脸上先是露出惊讶的神色，然后忽然笑了起来，又喝了一口，才对你嫣然说："真好喝！"

你也笑了，把后背舒适地靠在沙发上，给自己灌了一大口。这时你才发现，它之所以叫"汽水"，是因为里面藏着好多小气泡，此刻正调皮地在你的舌齿之间舞蹈。而你的心，也被一种香甜的情绪灌满了，并随之起舞跃动。

喝着汽水，看着电影，这难道不就是你梦寐以求的生活吗？你忽然觉得自己很摩登。什么叫摩登，你其实并不很清楚。但是，它似乎代表了文明、富有、快乐，以及……自由恋爱。

自由，恋爱。这两个词儿单独看来，都是极美好的，更不用说组合在一起了。

至少，在这一刻，你忘了"李江流"的假身份，忘了李府的波谲云诡，忘了老王的威胁敲诈。

你只是你，一个摩登的、渴望着自由恋爱的，十七岁少年。

好感度+1

回到主剧情书的63号剧情 ➹

3号红色剧情

门口处，林霜梅一手低垂，一手捂唇，面无人色地看着眼前的一幕。地板上，白玉人参羹洒了一地，冲淡了浓厚的血红。

你赶紧收起手枪，站起："姐，不是你想的那样！"

你扶着林霜梅坐下，将事情原原本本地讲给了她听，包括自己的冒牌身份。说也奇怪，对着自己这杀人凶手，林霜梅却也不如何害怕，只是静静听着。

一口气说完，你低叹一声："你……送我去巡捕房吧。"

林霜梅的眉梢微微一扬："为什么要去？"

你诧异地看着她。

林霜梅淡淡问道："如你所说，老爷和李海潮都不幸惨死，真正的李江流想来也是凶多吉少。你此刻认罪，除了让老太爷丧失最后一点活下去的念头，还有什么用处？若他悲痛去世，你锒铛入狱，剩下偌大家产，被无数虎狼吞噬——这难道是你想要的结果吗？"

你立刻摇头，同时感觉，一个渺小却光芒万丈的希望在心头悄然燃起。

林霜梅的一双美眸深深注视着你："如今的状况，不是很好吗？虽然老爷、大少爷和徐探长都已经被李迁这个奸人害死，但还好二少爷智勇兼备，击毙了凶手。老太爷知道后，想必也是很宽慰的。"

听了她这番话，你心头火热，一把握住了她的手："姐……"

林霜梅嫣然一笑，轻轻抽出手来，又拿出一方香帕，在你脸上轻轻擦拭着："瞧你，慌得满头大汗。"

你看得分明，锦帕上绣满了桃花，让你恍惚间感觉到绵延春意。你继而又想到，不过短短十余天，你和她之间不可逾越的鸿沟就被奇妙的命运填平，不禁再次握住了她的手："梅……"

这个字实在是太过大胆，你一说出口，心脏就剧烈地跳个不停。你深深吸了一口气，想稳住奔流的情感，却忽然发现心跳得更加厉害了。不仅如此，你的头嗡嗡作响，呼吸几乎停止，脸上、身上起了无数红斑——简直，就跟初入李府那晚的诡异反应一模一样!

你抽搐着，眼看就要从椅子上摔下，林霜梅一把将你扶住，然后伸手在你身上摸索。

她先找到了你腰间的那把枪，看了一眼，远远抛到地上。然后，她在你胸口找到一样东西，竟愣愣盯着它出了神。

失去意识前，你看到她手上的，正是初入李府那晚，她替你擦去血污的那块锦帕。一直以来，你都怀着一种异样的情愫，随身携带。

然后，你就在一片燥热中昏了过去。

起初是一片黑暗，肉体已经不存在，灵魂像掉进一口深井的浮萍，漂漂浮浮，既没有实体感，也并不自由。

然后是一丝沁凉进入，流经麻痹的大脑，使它重新活跃起来。你的面前仿佛出现两扇小门，边隙处漏出点点光线。你好不容易将两扇小门打开，发现那是你的双眼。

眼前有一道白影轻轻晃动，逐渐清晰。你看到，林霜梅正坐在你的面前，右手拿着那块锦帕，左手则把玩着一个小小的物件。

"我……没死？"你颤动着嘴唇问。

"你本该死的。"她淡淡说。

"我早该猜到的。"你挣扎着坐了起来，"李迁假扮李远，别人认不出，作为他枕边人的你，怎会认不出？你才是真正的幕后主使吧？说不定，连李远的老婆，也是你下手杀的。"

林霜梅幽幽地看了你一眼："所以，在你眼里，我就是个毒妇？男人们都没有错，他们即使杀人放火，也是可以原谅的，因为都是受了我的蛊惑？"

"难道你不是？"你反问。

林霜梅淡淡一笑："我只是面镜子，你们男人心有多坏，我就可以有多坏。"

她一双美眸又望向了你，从她清澈的瞳孔里，你看到了自己的倒影——一个恐惧、狐疑的男人。

"我给你讲讲我真正的身世吧。"林霜梅平淡地说，"我……不是官宦人家出身的小姐，而是一个出身贫寒的风尘女子。"

【林霜梅的独白】解锁。

4号红色剧情

"所以……"你试探着问，"你没有杀我，是因为我让你想起了你的弟弟？"

林霜梅美丽的眼睛轻轻合上，长长的睫毛微微颤动着，接着睁开眼睛，慢慢说："我见识了太多人性的恶，再也不会相信任何人。你让我想起了我阿弟，这是事实。可如果仅是这一个理由就让我决定不杀你，就把我想得太简单了。我很久很久没有信任过一个人了，但我发现，你对我竟是完全信任的。有那么几个瞬间，我也很想信你，但又不敢。有人说山中的老虎即使肚子不饿，也会杀人，因为已经无法抑制杀意，我也一样。所以即使到了最后的时刻，我还是决定杀你。之所以没有下手……可能我内心深处还是希望能证明给自己看，我并非一个彻头彻尾的坏女人，我也有得到幸福的机会。"

你的心狂跳，不知是惊是喜，刚准备开口，突然，一阵雄浑的大笑从后宅传了过来。

你一惊："什么人？"

林霜梅皱起了眉："后宅离这里距离不短，那人的笑声居然能穿过来，大概……是个练家子。小心点，我们去看看。"

你站起身来，她朝地上指了指："记得带上你的枪。"

你依言拾起。枪身入手，那冰冷的触感令你一个激灵，接着，情不自禁地朝林霜梅毫无防备的后背望去。

这个女人……手上已经有好几条人命，她现在动了恻隐之心，你能保证她永远不会对你下手吗？

互动

| A | 举起了枪，对准她。 | 进入5号红色剧情 |

| B | 你收起了枪。 | 进入6号红色剧情 |

5号红色剧情

你举起了枪。

长年生活在阴谋中的人，反应是比常人快上不少的。林霜梅回过头来，看到你手上的枪，并没有露出惊讶或失望的表情，反而转过身子，直面着你。

"既然做出了选择，就狠到底。"她淡淡说，"如果这时候再退缩，你现在这个动作也会破坏我们之间的信任，以后我随时会杀你。"

她说得很对。可你咬了咬牙，手指却按不动扳机。

林霜梅还是很冷静，微笑道　"你不够真，又不够狠，能干什么大事？"

这句话触动了你，你终于开枪了。

她纤细的身子摇晃了一下，然后用手捂着腹部，虚弱地坐下。看她的样子，不像是中枪，倒像是病中的西施。

她的呼吸慢慢急促起来，声音却还是那么轻，那么柔。她的眼睛看着你，是从未有过的清亮。

"不要紧，我不怪你。"她带着洞察的笑意说，"选择是我做的，不管是什么样的后果，我都必须自己承担。千万不要自责，你并不是冷血，只是做了最对你有利的事，而我，则错了，用情绪代替了理性。不过，这样死去，对我来说，也许是比较平静的解脱。我的心里没有恨，只是啊，好可惜……"

一阵风吹过，把她最后一句几不可闻的低语传入你的耳朵。

"……我本可能有平凡人的幸福的……"

然后，她深潭一般的美眸终于合上了、沉寂了。

你在原地呆了半晌，将手枪插回腰间，然后走出门去。

一开始，你的脚步有些虚浮，但当鞋踩上雨后湿漉漉的地面，忽然又坚定起来。

你随着刚才那笑声，走入小屋之中。之后，里面响起几声枪响，个别留下的仆人遥遥地听见了，却没敢去查看。

第二天，李远、林霜梅、李海潮和你"一家四口"的尸体被放在了一起。前一天晚上究竟发生了什么，没有人知道。

游戏失败

农夫与蛇，你愿意做农夫，还是愿意做那条蛇？

6号红色剧情

你收起枪，为刚才的那一丝犹疑而后悔，接着快走几步，走到了林霜梅的身边。她冲你微微一点头，与你并肩前行。

听那笑声，似乎是从后宅的小屋传来的。这座外表简朴的小屋，平常时对你而言就有一种凛人的气势。雨后夜深，它笼罩在一片雾气之中，于威严之外，又多了一层神秘。

你用枪轻轻推开木门，首先望向内屋的那张床。那里竟空无一人，只有被褥凌乱。

李惊霆呢？

你带着这样的疑问，细细搜索了床底、柜里，终是一无所获。

这样一个瘫痪多年的老人，会到哪里去呢？

难道……被人劫持了？

你刚准备同林霜梅商量，忽然身后响起一声咳嗽，逼得你转过身来。

只见卧室门口站着两个人，其中一人全身西服，当然是冯为宪。只是，他一贯苍白的脸颊却起了潮红，薄薄的嘴角掩饰不住浓浓的喜色。另一人则是一名穿着长绸衫、一副遗少打扮的青年。两人一中一西，显得极不协调。

你和林霜梅不禁同时下意识地朝彼此靠近半步，戒备地看着二人。

青年饶有兴致地看着你们，微微一笑："你这女人好本事，我的儿孙，竟都拜在了你约石榴裙下。"

"你的儿孙？"你不解地看着这青年，莫名觉得他的长相和神态都颇为眼熟。这时，你的目光不经意间上移，瞥见墙上一幅肖像画时，脸上不禁变了颜色。

这个人竟和画上的那名前朝文士长得一模一样，简直就像画中人走出来了一般！

　　你惊恐的表情显然吸引了林霜梅的注意，她也抬头看了一眼，眸中立时现出恐惧之色："快，快跑！"长年挣扎在欲望和阴谋中的人，对未知的危险都有一种近乎野兽般的直觉。

　　听了她的话，你毫不犹豫，跟着她一起向门口跑去。

　　只见眼前人影一闪，方才还站得远远的青年，眨眼工夫竟拦在了门口。他抬起修长的手，仿佛只是赶了赶身边的蝇虫，就把你和林霜梅甩出老远。

　　你落地之后立刻站起，握紧手枪的双手抬起，以最快的速度对着青年开了三枪！

　　那青年却犹如鬼魅，身形在一瞬间变得模糊且不定，等他重新站稳，那身长衫上竟连一丝鲜血也没有，倒是木门上出现三圈裂纹。

　　你一呆，忍不住问道："你……是人是鬼？"

　　青年哈哈一声长笑，迈着大步向你走来。

　　你慌忙想再次举枪，却被一枚被水浸透的帕子捂住了口鼻。你讶然转头，只见捂你的是林霜梅，她脸上也蒙了一张湿帕，手中还捏着一小块点燃的烟土，似乎是从李迁的身上拿来的。

　　那烟土燃后不见火星，却见缕缕轻烟腾腾而出。夜风从木门上的破洞钻入，瞬间就将烟气吹遍全屋。冯为宪两眼一翻，立刻就倒了，饶是那可怕得不似凡人的青年，眼中也显出一些迷离之色，一手扶着墙，才不至摔倒。

　　"开枪！"她尖叫一声，你猛然醒悟，将剩下的子弹都打向青年。

　　他虽然身中迷香，反应仍然快绝，总算避开了要害部位，但腿上仍不免中弹。但诡异的是，子弹入肉似乎并不深，连血也没有流太多。

你和林霜梅抓紧机会，不顾一切地一口气远远逃出了李府。身后，那青年爆发出野性浑厚的怒吼声，似乎一直在追逐着你们！

直到跑出很远，你们才在行人最密集处停了下来，互相搀扶，心有余悸地回望那其实早已看不到的深远大宅。

喘了很久，你终于忍不住问："那个人究竟是……"

林霜梅用手指按住了你的唇："别问了，我不知道答案，也不想知道答案。"

你点点头，忍不住握住了她放在你唇边的那只玉手。你们四目相视，忽然不顾旁人诧异的眼光，紧紧地拥抱在了一起。

你甚至不知道那是不是爱，你只觉得，你的身体、你的灵魂都需要着这个女人、渴求着这个女人、恋慕着这个女人。更令你快乐的是，从怀里那身躯的颤抖，你明白她对你也有着同样的感受。

在一个外国朋友的帮助下，你和林霜梅于次日早晨就搭上了前往M国的轮船。虽然到达异国后一贫如洗，但一对年轻、聪明、漂亮、愿吃苦的男女，不管到了哪里总是能找到一口饭吃的。就这样，你们慢慢有了一个家，度过了清贫但安宁快乐的十年。十年后，林霜梅死于一场急病，你孤独地继续生活下去，并成为一名成功的华商。

某年，你前往D国洽谈商务，恰逢当地政府举行庆祝活动，万人驻足围观，你也前往观看。忽然，你于人群中举枪射杀了一名年轻的D籍华人。据悉，此人名叫李万古，祖上曾在战争期间资助某激进派的政府。但D国战败后，该家族十分低调，并热心公益事业。警方并没有找到你和此人之前有过任何交集，而你也拒绝透露任何信息。

最终，你因犯谋杀罪，被判处无期徒刑，但在入狱当晚，你就死去了。法医在你身上并没有找到任何自杀或被杀的痕迹，只好判断是年事已高，自然死亡。据说，你死后，脸上还保留着一丝微笑，手边有一张纸，纸上画着一朵小小的梅花。

游戏结束

月满大江流

蓝色剧情线

你凝神观察一番，确定房间周围都没人在监视你后，小心翼翼地拿出刚才捡到的油纸包。打开后，只见里面竟是几张多年前的剪报。

获得物品

讣告

可查看道具

一张讣告

获得物品

可查看道具

一张寻人启事

◄ 获得物品 ►

《豪门贵子离奇失踪，
调府仆佣接连遭遇》

寻人启事

可查看道具

一张新闻剪报

◄ 获得物品 ►

《流连不利？豪族李
府又有一人告失踪》

寻人启事

可查看道具

另一张新闻剪报

看完油纸包里的内容后，

你可以返回主剧情书33号剧情的互动12

2号蓝色剧情

系统提示:冯为宪作为本游戏关键人物,每次与他的对话都能收集到重要线索。请不要忽视。

你既有些激动,也有些落寞,忍不住问: "为什么这些发明,都不是Z国人的? 听说,我们也有过万邦来贺的朝代。可为什么现在,却被那么多国家欺负?"

"是啊,Z国,曾经是世界上最文明、最富有、最强大的国度。"冯博士惋惜地说, "我多么热爱你们的文化啊,四书五经、诗词歌赋我都曾熟读。你们的文明是古老而智慧的,但败也败在古老的智慧上。你们不应该再低着头看着从前,应该抬起头望向未来! 我期待着我母国的重新振兴,你们也该期待你们国家的重新振兴!"

"抬起头,向前看! 抬起头,向前看! "你默默重复了两遍,也不由得激动起来。

此处触发10号蝴蝶效应,
你获得10号蝴蝶效应剧情卡——【学富五车】。

当接下来的剧情中出现"学富五车"这句话时,你可以进入21号蓝色剧情。

结束对话,回去睡觉,进入主剧情书的89号剧情 ➻

3号蓝色剧情

既然是跟钱有关的问题，你忽然想到一个人。

如果说Z国人是世界上最会种地的民族，那么这个人，则来自世界上最会赚钱的民族。偌大一个申滩，也只有他是真心愿意帮你且能够帮助你的人。

趁着府里的人还没醒，你带着几样细软，来到提篮桥附近，一条偏僻的小巷内。

和世界上很多大都市一样，申滩就像一袭华贵的旧袍子，那一个个富丽堂皇的繁华区是袍子上闪闪发光的珠宝饰物。但翻到背面，则能看到不计其数的贫民窟如同虱子一般隐藏于它的各个角落。

你现在所处的这个地方，房屋破败，路面狭窄，很显然也是个贫民窟。

但与其他地方的贫民窟相比，它又有两点不一样。

第一点不一样在于，与人们普遍印象中秽物满地、污水横流的贫民窟不同，它显得异常整洁。凹凸不平的碎砖路面被打扫得相当干净，连青苔都被仔细地除去了，每户的门口打理得格外清爽，不少人家还栽着几株花木，虽然都是不值钱的品种，但显然都受着精心的培育。从某些半开的门缝中，你可以看到小院子里晾着的衣服虽然都已经很旧了，但洗得干干净净，破处也精心打了补丁。这些都让你觉得，住在这里的人物质上虽然是贫困的，但精神上仍保有贵族般的富足与精致。

第二点不一样的是里面的居民。他们虽然面有菜色，但深邃的眼窝、高直的鼻梁，说明他们本该是洋人。

而这么穷的洋人，只有一种。

近百年屈辱的历史，令国人对洋人有着几乎天然的畏惧，但有一种洋人是例外。也许是因为流落到申滩的他们大多都很穷，也许是因为他们平时都安安静静的，有一种近乎狡猾的服从、近乎死寂的沉默——就像国人一样。

你推开了其中一扇门。

这屋子太小、太破了。所幸，屋子的主人也是瘦瘦小小的一个人。他应该已经有二十多岁，但看起来就像一个发育不良的少年。他的眉毛很粗，一双黑眼睛骨碌碌转个不停，闪烁着聪慧狡黠的光。与小脸相比大得不成比例的鹰钩鼻则像一只浮在水中的鱼钩，暗示它的主人是那种善于抓住任何机会的赌徒。

此时，这小个子正专心致志在昏暗的灯光下忙自己的"事业"：他把攒了一大把的烟屁股一个个搓开，拣出里面残余的烟丝，凑成一小撮后，用一方白纸重新揉成一支烟——雅称"快手牌"香烟，向站在饭店或赌坊门口等老板的司机或保镖兜售，倒也能赚个几毛钱。

如果再留心观察小屋环境，你就会发现手工烟并不是他唯一的营生：床头上摊着的一本厚厚的英文教材，会让人以为他是个外文老师；桌子上一叠账本和半根破笔，会让人觉得他是个账房先生；窗台晒着的一沓子散发着臭气的狗皮膏药，会让人怀疑他是个中医；而地板上一大堆杂七杂八的二手破货，又会让人疑心他是个捡破烂的。

"艾伯！"你喊出了他的名字。

艾伯把手上这根烟搓好，用舌头舔了舔白纸，用口水把它的接口黏住，这才抬起头来，说："咦，你从哪儿偷来的这身好衣服？"他的发音虽有些古怪，倒也有板有眼。

你叹了口气："说来话长，为了你的安全，我恐怕不能透露太多。"

艾伯立刻点头："没错！无知即是幸福！你千万不要告诉我

太多事情！根据我的经验，知道的太多而钱太少的人，是最倒霉的！"

你挠了挠头："又被你说中了，我现在最大的问题，就是缺钱。"

"缺钱？"艾伯笑了，目光炯炯地盯着你手中的口袋，"依我看，你这个袋子里面，就有不少值钱的东西。"

"不愧是你。"你点点头，"很可惜，这批货无法脱手——至少，我无法脱手。"

艾伯笑得像一只贼兮兮的老鼠："当然，当然。"

"所以你有办法帮我换成钱吗？"你问。

"你问对人了。"艾伯说，"当铺一般不收赃物，因为他们怕巡捕房过来盘问。但如果是洋人拿过来典当，他们却问都不问，照单全收。你知道为什么吗？"

"因为巡捕房怕洋人。"你回答，"不过，这些可不是赃物。"

"我不关心它的来历。"艾伯心不在焉地说，"我只关心我帮你卖掉这些，你给我多少手续费？市面上一般是三成，我们是朋友，算你两成好了。"

"不会吧！"你叫了起来，"朋友之间也分这么清楚？"

"我们民族的人永远把人情和生意分得很清，所以朋友永远是朋友。"艾伯冷静地说，"你们国家的人不好意思把人情和生意分得太清，所以很多时候连亲人都变成了仇人。"

"这么说倒也有点道理。"你无奈地耸耸肩，"就按你说的办吧。"

艾伯扔给你一套破旧衣裳："要去当铺，你这身可不行，换上吧。"

艾伯拿着你转交的金银细软，领着你进入一家当铺的后门。

幽暗的库房里，一个戴着瓜皮帽、鼻梁上架着厚厚眼镜片的老头从密密麻麻的箱子里探出头来："这次是什么玩意儿？"

"好玩意儿。"艾伯嘻嘻一笑，双手一抖，把口袋里的物什都倒在了坑坑洼洼的旧木桌上。

老头先是漫不经心地瞥了一眼，忽然两只眼睛从厚镜片后面射出耀眼的光来，接着又以一阵轻咳掩饰自己的喜色，故意颤巍巍走到桌前，用在菜市场挑菜的粗鲁动作，翻捡着这些价值不菲的物品。

艾伯嗤笑道："别在内行面前装相了，这些东西你转手一卖，今年就可以躺着吃饭了，还搞得很嫌弃的样子。"

"东西是不错，可是很烫手啊。"老头慢悠悠地说，"你看，这上面刻着什么？"

你和艾伯低下头来，发现一枚整根象牙雕成的魁星点斗镇纸的一角，刻着"东乡李"三个小字。

艾伯还没搞清楚状况，你的脸已经白了。

李惊霆的祖籍正是东乡，这个不起眼的印记，已经把你的身份暴露了！

果然，老头不紧不慢地说："这不是李家少爷的东西吗？"

你选择……

互动1

A 当场认罪 —— 进入4号蓝色剧情

B 保持沉默 —— 进入5号蓝色剧情

4号蓝色剧情

你立刻跪了下来 "老先生真是慧眼如炬！实不相瞒，我就是李家二少爷，这次偷拿东西出来典当，实在是有不得已的苦衷，求您千万不要报案。"

老头摘下镜片，浑浊的眼珠子盯着你看了一会儿，说："你说你是二少爷，可我不认识二少爷呀。要是是你偷的李府的，这罪过我可不能担着。"

他咳嗽一声，库房外冲进几个大汉，架着你去了巡捕房。你亮明自己的身份后，倒是很快就被送回了李府。但由于你说不上来究竟为何要把老太爷赏你的东西偷偷拿去卖，府里开始了对你无形的监视，你再也没能单独出去过。

某天深夜，屋子里忽然冲进来几个巡捕，嘴里喊着"诈骗犯"，骂骂咧咧地就把你拽了出去。

游戏失败

泰山崩于前而色不变，方能逢凶化吉。

5号蓝色剧情

你没有回答，眼睛一眨不眨地看着老头，努力思索对策。

他阴森的脸上，忽然渗出一丝笑意："小洋鬼，混得不错呀，跟李家大少爷搭上线了？"

你松了口气，伸脚轻踹一下艾伯。他的反应也快，立刻接着话说："是啊，大……大少爷他最近手头有点紧。"

　　老头哈哈一笑："大少爷手头什么时候是不紧的？"

　　他又低下头去，把所有物件绍细摩挲一番，抬起眼皮说："四百块大洋，我全包了。"

　　"这么少！这些至少值四千多！一千五百块，不能再少了。"几乎是条件反射般，艾伯立刻还价。

　　老头翻了个白眼："看在你面上，四百五十块。"

　　"我也卖你个面子，只要一千一百块就好。"

　　老头闭起了眼："五百块，爱要不要。除了我，也没人敢收这些。"

　　艾伯咬着嘴唇，终于点头："五百就五百！"

　　"爽快。"老头打开旧木桌下的一个小抽屉，码出五沓银洋，"你来点点，我给你开当票。"

　　艾伯甩了甩手："还要当票做什么？"

　　"我知道你们拿回去，大少爷也是随手撕掉，但我既然做这行生意，就要讲这行的规矩。"老头说，"喏，这是上次的当票，他忘了拿，你们一并带走。"

一张当票

可查看道具

把当票递给你们后，老头拿着几件细软就去入库，你偷眼一瞥，只见小抽屉未合紧，露出里面另外几张当票。

互动2

A 你疑心略起，偷偷拿起一张看了看。 `进入6号蓝色剧情`

局内人模式推荐选择 ▲

B 你认为无非又是李海潮典押的当票，不值得关注。 `进入7号蓝色剧情`

6号蓝色剧情

你趁着老头在忙活，悄悄捻起一张看了看，只见上面写着"凭旧物翠镶金里扳指一件……当本国币贰佰元整……"等字样。

"翠镶金里扳指……"你沉吟着，努力回忆谁有这样一件首饰。

能力值+1

艾伯也凑过来看："这又是李家大少爷典当的？你怎么会有他的东西？"

你摇摇头，把当票放了回去："我来当的，并不是他的东西。这件扳指，也不是他的。"

艾伯皱着眉："那你和李家到底是什么关系？"

你说："我本不该说的，但是你帮我这么大的忙，嘴又严实，就透露一点给你吧——我现在，已经进入了李家。"

"你们国家有句话，叫鲤鱼跳龙门。"艾伯眉飞色舞，"看来你已经跳了过去？真是恭喜。"

你皱着眉说："可是不知道为什么，李府本是大富之家，但李老爷、大少爷手头却很拮据。"

"大少爷我知道，李老爷你是怎么看出来手头也不宽裕的？"艾伯问。

你说："刚才那张当票上写的是翠镶金里扳指，我曾看到李老爷戴过。没想到他们父子二人，如今竟都靠当铺度日。"

艾伯思索一番，说："这种事乍一下，会让人以为李家已经败落了，但实际不是这样，只是因为所有的大权，都在李老太爷手里。"

"你也知道李老太爷？"你问。

艾伯耸耸肩："李老太爷既然是申滩的大亨，跟洋人当然有往来。我听小道消息说，李远作为老太爷的左右手，的确曾是一人之下的大人物。可十二年前，二少爷神秘失踪后，老太爷气李远看护不周，把什么财政大权都给收了回去。自此，李远就像一个被废掉的王子，成天吸大烟度日了。"

他看了看你，忽然捂住嘴："你不会是扮成了二……"

你没有说话。

艾伯扭过头去："算了，我不想知道这些事。实话告诉你，别看我现在这样，当年也是含着银钥匙出生的，因此我知道，有钱人的家庭是个角斗场，你不下场出点血，是不会赢的。所以……保重吧。"

你点点头，和他一起走出当铺。

进入7号蓝色剧情 ⇥

7号蓝色剧情

回到艾伯的小屋后，你点出一百块大洋，递给他："喏，说好的手续费。"

他轻轻一笑，把钱推还给你。

"嫌少？"你一愣，"说好两成的啊。"

艾伯说："拿着吧，我看得出来，你很需要这笔钱，当然，我也需要钱。不过我缺钱大不了饿几顿肚子，你缺钱，恐怕连命都没有了。"

你感激地把钱装回袋子里："这些钱对我有多重要，大概只有你最清楚。只是，他们说你们民族的人是全天下最爱钱的人，我看也不对。"

"他们没说错。"艾伯说，"我还是很爱钱，不过我更爱大钱。现在跟你拿这笔手续费，你在李府一定很难活下去，等你真正得到了财产，我一定向你十倍讨要。"

你叹了口气："如果真有那么一天，我情愿百倍奉还。可惜，我还差五百大洋。"

艾伯转了转眼珠："我不知道你要这钱是用来干吗。不过我们民族的人做生意，也有钱不够的时候。遇到这种情况，我们会先给一部分作为订金，等凑足钱再补齐剩下的。"

"对方同意？"你问。

"拿了订金，他至少已经有一笔收入进账，不要订金，他什么也赚不到。"艾伯说，"向你要钱的人只要不是太蠢，这个道理会想明白的。"

"谢谢你。"你说，"我对前途总算有点信心了。"

互动3

A 你继续与艾伯聊天。 进入8号蓝色剧情

局内人模式推荐选择 ▲

B 天色已经不早了，你决定赶紧回家。 进入主剧情书123号剧情

8号蓝色剧情

“你说你曾经也是有钱人家的少爷，为什么要到申滩来过下等人的生活？”你问。

艾伯叹了口气：“如果不是没得选，谁愿意流落他乡异国？我出生长大在柏杜，那可是个不逊色于申滩的大城市。家里虽然不是大富大贵，但在繁华地段也有好几家铺子，至少生活得还算舒适。”

“那又怎么会家道中落？”

艾伯的脸上涌出恐惧的神色 “有一天夜里，一群蒙面人冲进我的家里，把我的家人……都杀光了，还放了一把火，连着铺子都烧掉了。我那时贪玩，喜欢睡阁楼，竟因此逃过一劫。”

“那群凶手后来抓住了吗？’你关切地问。

艾伯悲哀地摇摇头：“没有，警察把它当作一起意外火灾，就此结案了。”

“为什么？”

“因为他们恨我们。”艾伯淡淡说，“在那里，我们这个民族

是遭受歧视的民族。他们觉得我们奸诈狡猾，把本该属于他们的钱都赚走了。可是，能赚到钱，是因为我们脑子比别人转得更快，起得比别人更早，比别人更能吃苦，我们并没有坑抢拐骗啊！"

他喘了几口气，继续说："在D国的街头流浪了一段时间，我发现，一个流浪汉，尤其是我们这个民族的流浪汉，随时都会有被人杀死的危险。于是我偷搭渡轮，来到申滩，这个传说中遍地是黄金的地方。当然，到了这座古老而开放的东方都市后，我才知道地上所谓的'黄金'根本不存在，能赚到钱的只有蛮横的洋人和狡猾的华人。"

"你这么一说，我想起来了。"你说，"我在李府也遇到一个D国人，长得确实跟你不一样。"

"是不是金头发蓝眼睛，个子高高的？"小个子的艾伯指着自己的黑发黑眼说。

"没错。"

"那是另一个民族的。"艾伯苦笑，"他们觉得自己是比我们高贵得多的种族。"

"他还戴着一个勋章。"你用笔在纸上画给他看。

艾伯只瞥了一眼，忽然整个人发起抖来！紧接着，他跳了起来，把纸揉成一团，放在地上猛踩几脚，仍不甘心，一把火又把它烧成灰。打开门，看着那团灰被风吹散，似乎才把一颗颤抖的心安抚下来。

"你这是怎么了？"你大惑不解。

艾伯苍白着脸说："你知不知道这个符号代表着什么？"

你摇头。

艾伯露出既仇恨又恐惧的神色："那是近年来D国一个新兴党派的标志，非常激进好战。我认为，当年杀死我全家的凶手，就是这个党派的！"

"简直是邪教！"你愤愤然说，"西方不是文明世界吗？这么恐怖的党派，为什么不剿灭它？"

艾伯惨然而笑："它不仅没有被剿灭，还在D国获得了广泛的支持。"

"听起来，这个党派就像我们国家的军阀一样坏啊。"你说，"可是那位来自D国的冯博士却人很好的样子，他甚至还会说外省话。"

艾伯想了想，告诉你："当年D国人就曾经逼着你们的前朝皇帝把某地割让出来。也许，他的外省话，就是在外省割让给D国时学会的。"他说这话的时候，脸上很羞愧，仿佛是家里有人欺负了你，他替家人赔罪来了。

这一点，你们两个民族是很像的——弱小的民族，只有被别人欺负和抢劫的份儿。

这时，艾伯脸上忽然现出警觉之色，望着窗外说："外面有人！"

你比他更紧张，立刻冲出门去，却见一个模糊的人影在窗外一闪，就不见了。你四下寻找，却再也没看到那人。

回到屋内，你的脸色异常难看："是不是有人在跟踪我？万一，是李府的人……"

艾伯宽慰你："我们整件事做得很谨慎，即使被他发现我们在变卖东西，也不算什么罪过。你真正该小心的，是在把这笔钱花出去时不被发现。"

你点头称是，带着惊疑不定的心情，回到了李府。

进入主剧情书的123号剧情 ➷

9号蓝色剧情

香气扑入鼻子，便窜到脑部，带给你一阵奇异的快感，接着就是深沉的睡意。你忽然想起，老王的尸体上，也有这种奇异的甜香！这一次，这香味更浓烈了！

你立刻屏住呼吸，急忙退回客厅。深深吸了一大口气后，你找了个湿毛巾捂住口鼻，才慢慢重新走进房间。

桌边，两具尸体在烟雾里若隐若现，如他们死不瞑目的魂灵。

你一边注意周围的动静，一边仔细检查二人的尸身。

你首先从李海潮身上翻出的是一个小册子。

【李海潮的独白】解锁。

> 提示：本游戏中将陆续有李海潮、李老爷、林霜梅等三人的独白解锁。

接着，你把手伸入李海潮的大衣内袋，摸到一把手枪，弹夹是满的。你把它收入怀中。

获得物品

这是一把外国制的M1900式手枪，俗称"枪牌手枪"，里面的弹夹装着7发子弹。

一把手枪

此处触发12号蝴蝶效应，

你获得12号蝴蝶效应剧情卡——【M1900】。

当接下来的剧情中出现"M1900"这个编号时，你可以进入164号剧情。

在李海潮身上，你并没有找到要找的东西——证明谁杀害老王的证据。但你仔细观察了他的右手，用一块丝巾把他中指上的金戒指抹了下来。

·获得物品·

这枚金戒指的款式是暴发户最喜欢的那一型，又大又厚，简直像个图章。但你仔细把玩，却发现另有玄机：戒指的正面是可以弹开的，里面藏着一枚小小的尖针。这么细的针，当然无法致命。但如果喂了毒，就另当别论了。

一枚金戒指

接着，你又检查了徐永邦的尸身，一开始，你并没有什么发现。但细细观察之下，你发现他左手食指的指甲里，竟塞着一些木屑。

你赶紧蹲下身子，在他坐着的那把椅子左侧细致检查，终于在椅子扶手的底部，发现了几条小小的刻痕。

你在现场找来一张纸，用墨水把那刻痕摹了下来，得到这样一张图形：

此处触发13号蝴蝶效应，

你获得13号蝴蝶效应剧情卡——【刻痕的研究】。

当接下来的剧情中出现“刻痕的研究”这个编号时，你可以进入10号蓝色剧情。

干完这些事之后，你忽然听到，寂静的屋外响起了大皮靴踩踏地面的声音！是警察！听声音，来的还不止一人！

你以最快的速度奔向厨房，依然从小气窗那里跳了出去。

还好，你落地之后，他们离小屋还有一些距离，借着夜色掩护，你有惊无险地溜回了李府。

进入主剧情书的149号剧情

10号蓝色剧情

对比两张照片，再想起徐探长留下的神秘刻痕，你终于知道凶手是谁了！

那神秘的刻痕，其实是一个反向的走之底“辶”。被害当晚，徐永邦被迷香迷住，动弹不得，所以才被凶手轻而易举就在他身上刺下多刀。但正是因为胜券在握，凶手才得意忘形，被徐永邦看穿了身份——他，应该就是名字里带着“辶”的人，李远！

不，其实他还并不是李远。“远”的走之底是在左侧，徐永邦为什么偏偏要写反变成右边呢？他是在提醒破案者——凶手的用手习惯！

你再看两张照片，十二年前，李远拿着烟枪的手是左手，显然是个左撇子。而十二年后，他却换到了右手上。你再努力回忆，印象中，李远一直是用的右手。这就说明，他并不是真正的李远！

可是，谁又能骗过李老太爷、林霜梅、李海潮等人，堂而皇之冒充李远长达十二年之久？唯一的可能，一定是一个长相与他酷似，且十分了解他的人。

徐永邦正是看穿了这一点，才勉强运用全身唯一能动的手指，用最简洁的痕迹，留下了最关键的信息。

进入主剧情书的154号剧情 ✈

11号蓝色剧情

门口处，林霜梅一手低垂，一手捂唇，面无人色地看着眼前的一幕。地板上，白玉人参羹洒了一地，冲淡了浓厚的血红。

你赶紧收起手枪，站起："母亲大人，不是你想的那样！"

你扶着林霜梅坐下，将李迁如何冒充李远，相继害了李江流、李海潮、徐探长的事，一五一十地讲给她听——当然，关于老王和你勾结冒充的事，自是按下不提。

林霜梅静静听完，脸上不辨表情，问："现今，你打算怎么办？"

你凛然道："府中内贼害了我的父兄，此事，我当然要尽速向老太爷禀告。虽然我李家连遭屠戮，但是幸好还有我这一丝血脉。母亲，我们需得齐心协力，把这个家撑起来，好略慰老太爷的伤痛，让他安享晚年！"

"想不到，江流竟是这有决断的一个人，就按你说的办吧。"林霜梅淡淡一笑，拿出一方香帕，准备擦拭你脸上的汗，"瞧你，刚才与李迁这奸贼生死枢搏时，累得满头大汗。"

你看得分明，初入李府那晚，她替你擦去血污的那块锦帕上，绣的是一枝寒梅，如今这块，却绣满了桃花，让你恍惚间感觉到绵延春意。

你心中一动，主动接过那张手帕，在脸上擦了擦。林霜梅抿嘴一笑，从你手中接回，微笑地看着你。

片刻后，你忽然抽搐起来，接着控制不住自己，摔倒在地！

"有……有毒……"你手脚痉挛，艰难地说道。

林霜梅无动于衷，看着地上的你，忽然说出一句奇怪的话来："我……不是官宦人家出身的小姐，而是一个出身贫寒的风尘女子。"

你瞪大眼睛看着她。

林霜梅面无表情地与你对视，仿佛一个妆容精致的假人："我出生在下只角，那时，家里有七个孩子，两男五女。日子过不下去，爹娘索性把五个小囡都卖了——她们有的成了丫鬟，有的成了童养媳，而我，长得最好看、卖的价钱最高，境遇竟也是最不堪——被卖进了青楼里。

"第一次遇见李远时，我才十四岁，他说他会娶我，没想到，他真的娶我了。那天，他还穿着丧服，就来到青楼，跟老鸨说要替我赎身——原来，他的原配死了。我原以为这只是我运气好罢了，直到有一天，他喝醉了酒，又抽了太多大烟，迷迷糊糊中，几乎是炫耀的，跟我讲了他是如何害了他老婆的。

"他说是因为爱我才做出这种事，我自然不信。即使是爱我，为了我而杀死另一个女人，这份爱的毒性也太烈了。于是我开始了自己的调查，发现他下毒的原因，是老婆给他戴了绿帽。不仅如此，我还查出了李海潮真正的父亲是谁——当然，现在你也知道了。其实，李远老婆死后，李迁的举止就很反常，但李远是从来没有把这个穷堂弟放在眼里的，在他心里，只有比他有钱、比他强的人才配抢他的女人。

　　"于是我找到李迁，吓他说李远已经开始怀疑，只有我能保住他。这懦夫立刻唯我马首是瞻。我对他说，既然李远害了他的爱人，那他就以牙还牙，报复李远的儿子——真正的那个。"

　　"所以，你跟李迁一样，在我进门的那一刻，就知道我是假的李江流？"你一想到此，就觉得自己是一只被猫玩弄了整晚的小老鼠。

　　"何止，我还让你变成了真的。"林霜梅嫣然一笑，"真正的李家人，喝了洋酒是要出疹子的，你如果喝了没反应，岂不糟糕？"

　　你努力回忆那晚的情形，想弄清她是什么时候出手帮你掩饰的。

　　那一晚，必定有某个人无意间的一个举动或一句话泄露了一点小秘密……

互动4

A	管家老何的洗澡水。	进入12号蓝色剧情
B	李迁的鳝丝面。	进入13号蓝色剧情
C	李海潮的金戒指。	进入14号蓝色剧情
D	林霜梅的手帕。	进入15号蓝色剧情
E	冯为宪的西餐。	进入16号蓝色剧情

12号蓝色剧情

"你吩咐老何，在洗澡水里下药？"你说。

林霜梅撇了撇嘴："一个进府不过几年的下人，我怎么会放心把如此重要的事交给他办？你不过做了几天主子，就过分看重下人，这样下去，早晚都会死的。不如，就死在今天吧。"

她不知从哪里找来一根绳子，在你脖子上绕了好几圈。你中毒之后动弹不得，只得任由她把你慢慢勒死……

游戏失败

此女心思缜密，是不会利用并非心腹的老何的。

13号蓝色剧情

"你既然早就跟李迁合谋，那么让他在鳝丝面里下药，也不过小事一桩了？"你说。

"我和李迁，只是暂时的盟友罢了。"林霜梅淡淡说，"自从他顶替了李远，就无时无刻不想着继承所有家产，反倒把我当成了一号敌人。"

她吃力地举起沉重的烟枪："而现今，我的敌人，则只剩下你了。你就……安心随李迁去吧。"

你中毒之后动弹不得，只得眼睁睁看着她把枪头的利刃刺进你的胸膛。

血流尽之前，你忽然想，大概，老王、李海潮和徐探长，也是这样坐以待毙的吧？

游戏失败

除了李迁，还有谁会替林霜梅下手？
或者说……谁甘心被她利用？

14号蓝色剧情

"是李海潮吧。"你回味着当晚被打时，口腔里奇怪的金属味儿，"怎么会那么巧，他在我去见老太爷的时候拦住我？又为什么一言不合，就要对我下那么重的手？"

林霜梅忽闪着大眼睛，好奇地问，"你为什么能肯定是他？"

"这是我最后一次卖你人情了——亲爱的母亲！"

你忽然想起李海潮被林霜梅阻止后，说的那句话："他说卖你人情，并不是指放我一马！而是暗示答应帮你对我下药！你们……究竟是什么关系？"

"当然只是后母与继子的关系。"林霜梅风情万种地理了理完美的鬓角。

你的心底涌起一种奇怪而复杂的情感，既恶心，又愤怒，最多的却是嫉妒。

"话说回来，你为什么要帮我？"你挣扎着问，"李迁是你的盟友，李海潮又做了你的姘头，他们中不管谁继承遗产，都会有你的一份，你没有必要拉拢一个来路不明的我。除非……你并没有真正完全掌握局势！"

　　李迁和李海潮，他们二人中一定有人对林霜梅产生了威胁，她才不得以选择你这个半路冒出来的不速之客。

　　那么，究竟是谁呢？

互动5

| A　李海潮 | 进入17号蓝色剧情 |

| B　李迁 | 进入18号蓝色剧情 |

"是你的锦帕！"你说，"你假意帮我擦去血污，其实帕子上浸了药，擦在了我的嘴唇上！就像刚才那样！"

林霜梅忍不住莞尔："你真是傻得可爱，有这么多可以利用的男人，我为何要冒着风险，亲自出手呢？只有今天，那些臭男人都死光了，我才不得已在帕子上涂药，自己动手。既然你也提到了帕子，我便用它送你送到西吧。"

她把锦帕盖在了你的口鼻上，然后用力捂紧。你先是闻到一阵清雅的香气，接着便什么也闻不到了。

连空气，也闻不到了……

游戏失败

林霜梅狡猾如狐，当日怎会亲自动手？
谁会替林霜梅下手？或者说……谁甘心被她利用？

16号蓝色剧情

"是冯为宪帮你下的药！"你说，"是牛排，还是葡萄酒有问题？"

林霜梅一扬眉：'你不会不知道，这洋鬼子是老爷子最信任的人吧？如果我能说动他对你下药，不如让他直接对老爷子下药，然后把遗嘱改成由我继承，不是更方便？"

她把一个枕头放在你头上，然后拾起手枪，对准了枕头："待会儿，当冯为宪看到你是被M国枪而不是D国枪杀死，一定会刺伤他敏感的自尊心吧？"

沉闷微弱的枪声响起，枕头下，你的脑袋再也不动了。

游戏失败

申涎能用得动冯为宪这洋人的，大概也只有李惊霆老爷子了。
林霜梅还没修炼到那地步。

"一定是李海潮太难掌控了吧？"你说，"既然两个儿子都是假的，你不如选择我更安稳些。更何况，他还把真的李江流找了出来。"

林霜梅仿佛忍不住般，"扑哧"一声笑出声。像她这样美丽的女人，即使你知道她心如蛇蝎，但笑起来时，还是会觉得她是世界上最天真无邪的女人。她笑着说："那个绣花枕头，你真认为他能找得到失踪多年的李江流？这不过是李迁的借刀杀人之计罢了。"

"李迁？"你一愣，"难道李江流当年……"

"没错。"林霜梅淡淡说，"当年，他并没有按照约定取了李江流的命，反而藏起他，作为日后对付我的后招。而为了控制他，那孩子竟被活生生弄傻了。"

"然后，李迁自己不出面，把李江流抛给了李海潮，由他做出头鸟？"你说。

林霜梅点点头："可惜呀，天算不如人算，这件事就这么有惊无险地收场了。但是，却让我对男人失望到了极点。你们呀，要么又怂又坏，要么又蠢又坏。你是哪种坏胚子呢？我已经不想知道了，还是杀了你吧，我自有其他妙法对付老爷子。"

"等等！等等！你相信我！我可以帮你的！"你全身只剩下嘴巴能动，拼命求饶，却只能眼睁睁看着她把烟枪上的刀刃刺入你的胸膛……

游戏失败

相信你现在该知道选择哪个答案了。

18号蓝色剧情

"是不是，李迁从盟友……变成了你的敌人？"你说，"所以你不得不给自己留后路？"

"李迁与我联手，只是权宜之计罢了，他从来都没有信任过我。"林霜梅冷冷地说，"不仅如此，他还经常在背地里搞一些小动作。当年，我们说好把李江流拐走灭口，他却顾念那也是李远老婆的子嗣，竟然留了他一条命。"

"那个白痴？"你想起立遗嘱那天，李海潮带来的少年，"竟然真的是李江流？他怎么会变成那副模样？"

林霜梅冷笑："还不是拜他的好堂叔所赐？这孩子自小骄纵，性子烈得很，哭叫了一路。李迁不得不加大迷药的量——也许太多了，从那天后，他就不哭也不叫了，就这么……傻了。这导致我犯下了一个错误，没有留意一个傻子的去向。直到十二年后，才发现他居然并没有死。"

"他养了这白痴十二年……就是预料到老爷子会立遗嘱，只把财产只留给李江流一人？"你震惊了，不由佩服李迁的深沉和隐忍。

"一只缩头乌龟而已，你不必佩服他。"林霜梅似乎看穿你的心思，不屑地说，"他预料到自己得不到家产，是因为老头子早就怀疑他了。说到底，还是怪他自己做事不干净。让他在老头子药里下毒，只弄瞎了他一双眼睛。老头子是何等人物！一旦发觉不对，立刻不知从哪里找到那个D国鬼子做自己的私人医生，连饮食都是那人一手包办，我们再也没机会下手，无奈，只能想别的笨法子了。不怕告诉你，这么多年来，我一直在找各种各样的孩子冒充你。可惜他眼睛虽盲，心却明白得很，每个人都被他识破了——直到你的出现。"

她带着欣赏的目光注视着你。

你心中一动，连忙说："没错！我对你还有很大的用处！赶紧帮我解毒，让我继续当二少爷，等我继承了家产，一定与你平分！不，给你，都给你，好不好？我只求能保全一条命！"

"不瞒你说，这本就是我一开始的计划。"林霜梅赞许地点点头，"不过嘛……李迁的一记昏着儿，却送给我一手妙棋。"

你在地上抽搐着，喉咙"喀喀"作响："白……那个白痴……"

林霜梅轻轻击掌："答对了！李迁故意让李海潮发现这傻少爷的存在，原意是想搅局，好推迟立遗嘱的时间，可惜失败了。但我看到了赢的机会——谁控制住傻少爷，谁就能控制李家的财富！"

你的脸上忽然挤出一个扭曲的冷笑。

林霜梅跟着你一起笑："我知道你在想什么，你是不是觉得，老爷子不会认一个痴呆的孙子？没错，他在世时，是不会认。可他如果死了呢？只要我能证明这傻子是李家的子嗣，那所有的财产，就是我的了——而我之前已经说过，自己的儿子、孙子在几天之内全部死绝，他老人家还能活得下去吗？"

说完，她带着有些悲悯的表情，举着李迁烟枪上的利刃，想要刺进你的胸膛。

这时，你一个鲤鱼打挺，忽然跳了起来！

林霜梅的脸上，第一次出现惊慌的表情："你没中毒？"

你冷笑着摊开手，掌心是一枚金戒指："我已经猜到入府那晚，身上怎么会有那么奇怪的反应了——你让李海潮在戒指里灌入药剂，然后故意打我使我'中毒'。母亲大人，你真是好手段，竟想把我们父子三人，都纳为裙下之臣！"你的手指轻轻一按，戒面上就弹出一根尖尖的金针。

"看来你早就怀疑我了？"林霜梅浅浅一笑。

"不是怀疑，是确定。"你摇摇头，说，"李迁冒充李远十二年，你作为枕边人，怎么可能丝毫不觉？只有两种解释：一是你被他胁迫，只好假装不知；二嘛……是你根本就跟他是合谋！"

"我可以跟他合谋，自然也可以跟你合谋。"林霜梅的笑又变得温柔起来，"只要我俩联手，李家财产还不是唾手可得？"

"不瞒你说，我原本也是这么想的。"你慢吞吞地说。

"原本？"她的秀眉轻轻一挑。

你耸耸肩："直到你用沾了毒的手帕想害我，我就改变主意了。于是我假装中毒，就是为了要套你的话！"

"不过，你是怎么看出帕子抹了毒的？毕竟，我第一次为你擦脸时，可什么手段也没使啊。"林霜梅好奇地问。

你冷哼一声："当我是瞎子？你刚刚要抹到我脸上的，是一方绣着桃花的帕子，而第一次的帕子，却绣着梅花！更何况，二者的香气截然不同！"

林霜梅的脸上没有表情，低头看着手中的锦帕："我自己也知道，这是很拙劣的戏法，但这还是我第一次被识破，你知道为什么吗？"

你没有开口问。

她轻轻一笑："因为那些男人啊，都只注意看我的脸，看我的身体，而不会像你这样，把我当作一个危险的人来防备。既然我们都是猎食者，看来是注定无法合作了。来吧，杀了我，你还有更危险的猎物要去猎杀。"

你咬咬牙，终于还是扣动了扳机。

枪声比雷声更刺耳，鲜血比电光更触目。

林霜梅也倒下了。

她的倒地处，与李迁隔了很长一段距离。之前，她总是孤孤单单地活着，现在，她又孤孤单单死去了。

当她脸上的妆容和血色褪去，你才想起，其实她今年也不过二十六岁。

你叹了口气，打开卧室的门。

互动6

A	蝴蝶效应：地下室的女人。	进入19号蓝色剧情
B	你前往李惊霆的屋子通报。	进入20号蓝色剧情

19号蓝色剧情

老太爷的小屋明明是在东侧，为什么你会走向相反的方向？

你也说不上来，只是在走了一阵后，才找到答案。

"儿啊……我的儿啊……你在哪儿啊……"

入府第一晚就听到的凄异叫声，此刻又回荡在宅子的西院。在李海潮死去的第七天晚上，在李迁死去的当天晚上，这叫声更是让人精神近乎崩溃的恐怖。

你几乎是颤抖着来到那个地下牢房附近。

只不过短短十几天时间，牢房仿佛更黑暗了，墙上的苔藓更厚了，而里面关着的老妇人，也更不似人形了。

你看了一眼她浑浊灰暗的眼珠，再也承受不住了，跪在潮湿的地面，无声地痛哭起来。

对不起……是我杀了你寻找了十二年的儿子……而你的孙子，却是被你的儿子亲手杀死的……

这么多天来，你在这宅子中历经尔虞我诈、生死相搏，并不觉得有什么，因为你和对手们都是利益的奴隶。为了利益，你们如果赢，自然心安理得；如果输，也是罪有应得。

可是，这个疯癫的老妇人，这个绝望的母亲，她有什么罪过？

她何曾想夺取金钱和权力？可却被亲生儿子关了整整十二年！而她的儿子和孙子，均死于非命！

不知道哭了多久，你站起身来，将手枪对准了牢房的铁锁，将它打断。

你的举动并没有引起她的注意，于是你吃力地推开锈迹斑斑的铁门，让冷雨打进牢中。

冰凉的雨水被风吹落到她的脸上、身上，她痴狂的表情似乎恢复了正常。接着，她站起身来，以迟缓蹒跚的步伐走出铁门。

一出门，她就看到了脸色苍白的你，但很快又掉转过头。

"不是你……不是我的迁儿……"她沙哑着喉咙说，接着，漫无目的地步入雨中的庭院。

你目送她消失在茫茫雨幕中，深深吸了口气，重新向大宅东侧走去。

此处触发14号蝴蝶效应，你获得14号蝴蝶效应剧情卡——【惨惨柴门风雪夜】。

当接下来的剧情中出现"惨惨柴门风雪夜"这句话时，你可以进入28号蓝色剧情。

进入20号蓝色剧情 ➡

你来到李府东边，这幢简朴矮窄的小屋前。

"爷爷？冯博士？出事了！"你鼓足勇气，心里练习着想好的说辞，轻轻敲了敲门。

等了很久，却没有人应门。

你又敲了敲，还是没有人应门。

这么深的夜，这么大的雨，这么特殊的日子，老太爷会去哪里？

难道……是被那个洋鬼子趁着府里没人绑走了？

你心中大急，赶紧撞开了门。

屋里还是那样整洁，只有被褥凌乱，似乎有人睡在上面后，又起来了。

可是老爷子已经瘫痪多年，如何起得来呢？

轮椅还在屋里，说明没有走远。

他们到底去了哪里？

仿佛有一种神秘力量在指引，你情不自禁，走向小屋的右边房间。

那里，比你第一晚瞥见时的还要乱，大桌子上全是形状奇怪的西洋器皿。铺了满桌的图纸上，几乎都画着裸体的人像，还在各个部位用不同颜色的笔做了标注。

你望向小屋西侧角落的神龛，小桌上仍摆着一碗一盘，只是跟上次相比，碗里的血已经没了，盘子上那堆灰白色的黏稠物体也只剩下一小块。

你凑近观察，只见那黏稠物体竟是生的脑花，也不知是猪的，还是取自其他牲口。

接着，你伸出手来，拉开了神龛前挂着的那副红纱帐。

然而，里面并没有你预想中的神像，只有一个黑色的底座，材质非铁非铜，也非木刻。底座上方没有破损的迹象，那尊消失了的神像，应该是被人小心翼翼地拿下来的。

问题是，为什么会有人把供得好好的神像拿走呢？

你把手探向那个底座，发现它竟有些松动。你心中一动，逆时针用力一转，接着神龛发出"轧轧"的转动声，下方的木板"咔"的一声弹了开来。

可木板打开之后，却又是一扇厚实的铁门，门的中央，安着一把奇怪的锁。它没有钥匙孔，只是一块四四方方的铁板，上面排列着四行共计十六个活板字。

第一行是"万章九武"。

第二行是"邦彷瘁国"。

第三行是"为文国之"。

第四行是"宪山殄乘"。

你曾听老王说过，古时一些大户人家，会使用一种机关锁。锁上刻有诗文或图案，只有以一种特定的顺序组合排列，才能打开，有点类似西洋的"密码锁"。

看来，如果能找出这十六个字的特殊排列顺序，就能打开这把锁。

可你把这四行字反复念了几遍，却不知道究竟是什么意思。

忽然 你发现，如果把每一行的第一个字组合起来，那就是——

万邦为宪！冯为宪名字的由来！

那么这个锁，就是冯为宪设计的！

如果想要打开它，就必须从冯为宪身上入手。

他是个本国通，那么这十六个字，必定与本国文化有关。

你回忆着冯为宪对你说的每一句话，思索如何排列这十六个字。

蝴蝶效应:学富五车

进入21号
蓝色剧情

21号蓝色剧情

"是啊，Z国，曾经是世界上最文明、最富有、最强大的国度。我多么热爱你们的文化啊，四书五经、诗词歌赋……我都曾熟读，那都是无穷无尽的古老智慧！'

冯为宪是个本国通，这个锁每一行的第一个字既然组成了他名字的出处，那么想解开它，就必须要从国学入手。但你自幼跟着老王颠沛流离，为了冒充李江流倒也读过几天书，可这会儿拼命回忆，却也只能唤醒一些模模糊糊的印象罢了……

当你将最后一个字归位，铁锁发出清脆的金属声，立刻弹了开去。接着是一声闷响，铁门转动，缓缓打开。

你探头向里望去，然后惊住。

提示:请在拼出密码锁的答案后再进入22号蓝色剧情。
可查看道具获得密码锁。

22号蓝色剧情

　　铁门之后，竟是一条狭长的甬道，弯弯曲曲，不知通往地下几许深处！

　　看来，冯为宪和李惊霆，就是进入了这条地下密道之中。

　　密道的尽头有什么？他们为什么要在今夜进入？

　　你无比好奇，却也无比害怕，最终咬了咬牙，从铁门钻进密道之中。

　　这条密道并不宽，仅能供一名壮年男子勉强擦身而过。还好你身形不高，走起来倒还顺畅。

　　你不知道密道究竟有多长，只发现这狭长的空间里，任何声音都被放得很大，整条密道仿佛都充斥着你紧张的喘息声。如果不小心踢到一颗小石子，那"噼噼"的滚落声会持续很久很久，简直像有很多人同时在密道里踢到了小石子似的。

　　你越往里走，越没有信心，觉得自己来到了一个永无尽头的诡异空间里。有很多次，你都想回头了事，但已记不清之前已走了多久，不知道到底是回去的路长一点，还是剩下的路长一点？

　　终于，像是走了无数个小时后，密道为之一宽，接着，你来到一间"宏大'的房间里。

　　其实这个房间并不大，你却还是不自觉地用了"宏大"这个词语来形容。

　　整个房间的构造具有浓烈的艺术感，四面墙都用厚重的红布来装饰，布上还绣着一个个奇怪的符号，跟冯为宪戴在身上的那个徽章样式一样。这种装饰让你有些战栗，却也情不自禁地有些澎湃之情。

　　房间里放着很多奇怪的东西。有些是精密的仪器，有些是崭新的武器，还有一些是奇形怪状的动物标本。墙壁左右两侧，各有一道小门，左边的红色小门里，传来一阵激昂磅礴的乐声，你听着很是陌生，却又有一种熟悉之感。而右边的黑色小门里，似乎黑洞洞的毫无声息，但你总觉得有一种低沉而充满诱惑力的声音直接在你的大脑深处响起，呼唤着你走进去。

互动8

A	你走进右边的黑色小门。	进入23号蓝色剧情

局内人模式推荐选择 ▲

B	你走进左边的红色小门。	进入24号蓝色剧情

23号蓝色剧情

你的双腿在那无声的呼唤中，带着你走入了黑色小门之中。

这里竟是个冷库，地上有尸体。你胆战心惊地检查尸体，发现他们衣衫褴褛，显然是流浪汉。每个人的额头，都有一圈整齐的红色伤痕。

你蓦然想起刚入府那晚，也有一个假冒者的尸体头上带着类似的伤痕。于是强忍恐惧，轻轻推了推其中一人。那人应声倒地，头颅撞击地面，发出"咚"的一声清脆响声。

你的脸色变了。

你恐惧地倒退数步，又不小心撞到屋子正中的一张台子。

这张台子上蒙着一块白布，布下明显是个人形的轮廓。

即使是尸体，也有贵贱之分，这具台子上的尸体，明显比地上躺着的那堆要尊贵得多。

你抑制不住自己的好奇，掀开了白布。

只见白布之下，赫然是一具苍老瘦小的尸体——是李惊霆！

你按捺着心底的惊惧，仔细观察他。只见他的面容很安详，全身不见任何一个新鲜伤口，也没有中毒的迹象——难道是突发急病而死？

可他的旧伤口，简直多到了触目惊心的地步。

他干瘪的胸口文着一条青龙，年轻时大概很是威猛，但如今皮肤发皱，龙纹也都萎缩了。龙身上还有很多醒目的疤痕，有的伤口很大，似乎是被大刀砍的；有的伤口很狭，似乎是被武士刀刺的；还有的伤口是一个个或大或小的窟窿，似乎是被火枪打中的。

你早就听说李老太爷创业艰难，看到这些伤疤，才知道他经历了多少次生死之关。你既后悔，又害怕——你怎么可能斗得过这样一个在修罗场厮杀了一辈子的老者！

但总算，他死了。

那么隔壁那扇红色小门中，就只剩下冯博士那个洋鬼子了？

这时，你在李惊霆的尸体旁边，看到了一本紫色皮面的笔记本。

你明明知道，在这个地下密室，随时都可能有敌人出现，但你还是控制不住自己，打开了笔记本。

◆ 获得物品 ◆

可查看道具

残缺的笔记

进入24号蓝色剧情 ➔

最后，你慢步走进那扇红色的小门。

小门内，是一个纯白的房间，像是西式医院的手术室。激扬的乐声中，冯为宪一身白色手术服，兴奋得眉飞色舞，打开了一瓶冒着气泡的洋酒。

他面前的手术台上，坐着一名全身赤裸的青年。结实的胸膛上，文着一只形似巨蜥、背插两翅的巨大怪物，那似乎是西方传说中的"龙"。冯为宪给自己倒了一杯酒，给那青年却倒了一杯白水。

青年似乎很渴，举着白水一饮而尽，忽然耳朵一动，没有片刻迟疑，就将手中的空杯狠狠砸向了你！

你只来得及伸手格挡，水杯还是击中了手臂并炸裂开来，飞溅的玻璃碴割开了你的脸颊。

"是你。"青年笑笑，以一种跟你很熟的口吻说，"我就知道活到最后的一定是你。"

"你是谁？"你背靠墙壁，举起枪对准他，"李老太爷的死跟你有关系吗？"

"当然有关系。"青年一脸自得，"啊，也不能这么说，实际上，这是冯博士的杰作。"

"谬赞了。"冯为宪也是满脸喜色，"江流——我还不知道你的真名，只好继续叫你江流了——为啥不把枪放下，我们好好聊上一聊？"

你当然不会放下枪："说，这人到底是谁？"

冯为宪沾沾自喜地冲你眨眨眼："你瞅他像谁？"

你仔细观察青年，只见他满脸精干之色，确实有些熟悉。

忽然，你想起来他像谁了。

"老太爷的画像……"你想起小屋墙上，挂着的那幅肖像画，此人跟年轻的李惊霆，竟几乎一模一样，"你跟老太爷究竟什么关系？"

"最紧密的那种关系。但我怕你不会相信。"冯为宪说，"你先回答我，现在屋里头放着的这首歌，能猜出来名字吗？"

"激昂宏大…… 这首就是曾在你屋里听到的……"你辨别着乐声说，"《死与净化》！"

"耳朵不错。"冯为宪点点头，"现在，再猜一猜他和老太爷的关系？"

"生命的净化……它以另一种形式延续下去了……"你喃喃，"延续……延续……难道，这人是老太爷的转世投胎？不不不，我在胡说了，即使是转世这么荒谬，他也不可能已经长这么大了。"

冯为宪用宽容的语气说："作为一个普通人，你能理解到这个地步，已经不简单了。你就把他当作老太爷的转世吧，只不过，他没有转到胎儿身上，而是转到了自己的新身体上。"

"新身体……为什么这个身体这么像他年轻的时候？"你皱着眉问，"难道……他才是真正的李江流？"

"你是一个好学生，我还以为你会记得的。"冯为宪摇了摇头，说，"还记得我曾说过，人体中有一种叫作基因的密码，决定了一个人的相貌和身高吗？"

"我记得。"你点头。

"后来呀，我发现，靠这一段密码，竟可以完全复制一个人出来！"冯为宪兴奋地搓着手。

"复制？"你迷惑地重复着。

冯为宪晃了晃手中的酒杯："打个比方，就好比凭一小块玻璃碎片，就能凭空制造出另一个一模一样的酒杯来！"

"不对！"你忽然说。

"不对？哪里不对？"冯为宪饶有兴致地问，仿佛在期待你会提什么好问题。

你看了看他手中的酒杯："这样复制出来的，并不是原来的那个人，只不过是长得跟他一样罢了！这怎么能叫转世？"

"非常好！"冯为宪鼓掌说，"其实，在今晚之前，这个人的大脑还是一片空白。因为他从来没有接触过任何人、任何事，一直被泡在玻璃缸里，就像，一张从未拆封的空白唱片。"

"唱片……"你扫了一眼那张不断旋转的黑色唱片，"所以，你把李惊霆的记忆，复制到了这张空白唱片上去？你终于找到了复制记录的方法了？"

冯为宪谦逊地点点头："很抱歉，那天与你谈这个话题时，我没有对你说出事实，但我相信你一定能理解的。不过，我现在可以完全对你坦诚了——早在很多年前，我就发现了复制记录的方法。"

"你曾说过，如果你找到那种办法，就可以让一个人永远活下去。"你警惕地说。

"没错！"冯为宪自豪地说，"就像你们古代的方士为皇帝寻求长生不老之道一样，我追求永生之法，也是为了我伟大的领袖服务。"

"我不信。"你摇头，"如果真像你说的这么好？你们为什么不早点行动？为什么非要让李老太爷缠绵病榻十余年，直到今天才完成？"

"你的问题很尖锐。"冯为宪啜了一口酒，润润嗓子，"确实，这项技术还不成熟，失败的可能性很大。即使侥幸成功，新身体存活的时间也很难判断。同时，有一个至关重要的客观因素，迟迟没有到位。"

"是什么？"

冯为宪一指唱片机："人脑，自然界最神奇的造物，这么微小软弱的黏稠物体，里面装的东西，却有几十万首歌和电影那么多。想要一次性复制这么多内容，需要很多很多的能量。我曾周游西方列国，却没有找到一台机器能提供如此大的能量。既然现代科技不能给我想要的答案，我就开始求助于古老文明。我寻访了多个文明古国，最终来到最魂牵梦萦的Z国。在李老太爷和密斯特黄的帮助下，我从一个西朝贵族的陵墓里找到一枚玉佩。据说，它是从天外坠落的奇石，蕴含着无比强大的力量。"

"难道是……"你一惊。

"没错，就是你曾经佩戴的那一枚。"青年插口说，"你以为一个孙子，会让我念念不忘这么多年？我挂心的，只是那块玉佩罢了！"

"当年黄天师说'平步青云'……"你恍然，"原来指的是这块玉佩！原来，我们所有人都猜错了……可是，既然这枚玉佩这么重要，你为什么还要把它戴在李江流的脖子上？"

青年笑了笑：'这块玉佩来自天外，合而为一时，会默默散发一种人眼看不见的能量，会让人不知不觉患上可怕的重病。所以，给江流戴，也是无奈之举。"

"你就不怕即使是半块玉佩，也会害李江流得病？"你被他若无其事的语气吓住了，"他……可是你的孙子。"

"是不是孙子，那可另当别论。"青年耸耸肩，"毕竟李迁给我儿子戴了顶绿帽子，最后还取而代之。"

"你知道……李远是李迁假扮的？"你问。

"当然，否则你以为我为什么会把那张全家福给你？"青年反问，"以你的聪明，应该看出来李远是左撇子吧？既然你来到了这里，那么李迁一定死了。也好，省得我亲自动手。"

"可你已经瞎了，又是如何看穿他的身份的？"

"我无所不知！"青年傲然道，"在瞎之前，我已经知道海潮是个野种，还暗示给了远儿。可惜这个不肖子，居然没找到奸夫是谁，只是把老婆给解决了。等我想亲自动手，江流却失踪了！他失踪倒无所谓，但他可是带着玉佩一起失踪的！那时，连我都心神大乱，只顾着找玉佩。结果，竟被李迁顶替了李远，还差点把我毒死！"

"你既然知道，为什么还把仆人赶走，把照片烧掉？"你问。

青年嘿嘿一笑："那时，我只是一个眼瞎病重的老人，之前还因为江流的事差点搞得众叛亲离。如果贸然发难，会有人站在我这边吗？一旦李迁觉得自身难保，一定会与我玉石俱焚！所以，我必须帮他掩饰。如果他被识破，我也活不了。之后，我赶紧把为宪叫了过来，让他负责我的饮食起居。这十二年来，我就像一个被罢黜的君主，虽然困守孤城，但还在等待东山再起的机会。而你，就是我的机会！"

你苦笑："我以为自己混入李家，可以得到财产，没想到只是做了个完璧归赵的使者。"

"你的作用还不只如此。"青年狡黠地笑着，"你还可以用来分散李迁和李海潮的注意力，好让我完成大计。所以不管你是不是江流，我都无所谓。"

"那你还用洋酒试我，看我有没有反应？"你说。

青年嘿嘿一笑："毕竟我四周都是李迁的眼线，必要的过场还是要走的。即使你喝了没反应，为宪也会让你有反应的。不过你既然自己演了全套的戏，我也乐得在后台欣赏。所以即使那白痴是真的江流，我也不会认他。而你也不负期望，入局以后，竟让这么多人都出局了。现在，没有人再碍事了。"

"所以，你从拿到玉佩那晚等到现在才行动，就是在等所有人死掉？"你问。

青年哈哈大笑："他们只是蝼蚁而已！我怎么会真的顾忌他们？我早受够那副老朽衰弱的躯壳了，恨不得拿到玉佩的当晚就换身体！但我还必须隐忍，因为玉佩里强大的能量，还需要另一种能量来激发，那就是……"

"轰隆"一声闷响，那是雷声穿越层层密道，传到这里。

"是雷电！"你说，"你在等待又一次的雷雨天！这枚玉佩就像西洋的电灯，只有通了电才会发挥作用！"

"是啊，这十几天，我等得比十二年还要漫长。还好，一切终于结束了。"青年抬眼看你，"你没有任何胜算，跪下吧。至少，我还可以承认你是我的孙子，分你一笔小小的财产。"

互动9

A	投降。	进入25号 蓝色剧情
B	反抗。	进入26号 蓝色剧情

你不由自主，扔掉枪，跪了下来。你只觉此人有如天神一般，是不可战胜的。

青年从台子上跳了下来，只一抬脚，就瞬间移动到了你面前。他满意地拍了拍你的头颅，忽然掐住了你的脖子，把你高高举起。

他欣赏着你惊恐痛苦的神色，转头笑着对冯为宪说："看，这就是大多数的普通人。大难临头时，你只要许诺他一个哪怕虚假无比的承诺，他都会愿意相信。这样的人，不交给你我来统治，岂不是太可惜了？"

在青年和冯为宪的笑声中，你痛苦地失去了意识……

游戏失败

即使对手再强大，我们都要学会反抗。

26号蓝色剧情

"砰砰！"两枪，你撂倒了冯为宪，接着又是几枪，将青年从台子上打落下来。

"你……太……"青年捂着腹部，神情痛苦地趴在地上，嘴里艰难地蹦出几个模糊的字眼。

你端好枪，防备地蹲下身子凑近他，想要听清他说些什么。

"你……太……"青年沙哑着喉咙，忽然露出诡谲的笑容，"你太小瞧神了，凡人！"

他忽然猛兽般从地上弹起，抬脚就将你的枪踹飞，紧接着双掌排山倒海般往前一推，一股巨力直冲你的面门，你被远远抛了出去，撞在墙上，连墙砖都被你撞碎了。

你如一条死狗般落在地上，看着青年大步朝你走来，赤裸的身体上没有一丝伤口。

"怎么可能……"你的嘴里往外涌着鲜血，"一枪都没打中你？"

"所谓……战争的胜利者……就是用先进的科技，打败落后的科技……"

你转过头来，看到冯为宪斜倚着墙壁，满面笑容地说着话。只见他的胸腹有两个大洞，显然是活不长了。

但他并不在意，只顾着说："西方人的火枪先进，所以打败了东方人的大刀长矛……而火枪，也会被另一种更先进的科技打败。"

"可是，人的血肉之躯，怎么能打败火枪？"你看着满身是血的冯为宪，又看看毫发无伤的青年，觉得这画面荒诞极了。

"火枪……也是人造出来的。"冯为宪显然是回光返照，语速越来越流畅起来，'我问你，你们为什么怕火枪？"

"因为它太快了，几十步外就能取人性命。"你回答。

"天下武功，唯快不破。"冯为宪说，"如果人比子弹更快呢？"

"不可能！"你说。

"没有不可能。"冯为宪的眼里发着光，"有的人天生就比普通人反应更快、更聪明、更强壮。用我教你的知识来解释，就是基因比别人好。"

"再怎么天赋异禀，也不可能比子弹更快！"你说。

冯为宪认真点了点头："可能的，只要人为地把这种基因加强十倍。那么对你来说比闪电还快的子弹，在他眼里，比一个缓缓滚过草地的皮球快不了多少。"

你骇然，抬头看着眼前如天神般凛然不可侵犯的青年，后者傲然一笑："没错，在为宪的帮助下，我比全盛时期的李惊霆，还要强十倍。"

"也是有缺点的，他的野心、他的残忍、他的杀欲也增加了十倍。你看，他控制不住要杀你了……"说完这句话后，冯为宪眼睛里的光终于消失了，但疯狂的表情，还挂在他金发碧眼的脸上。

青年惋惜地叹了口气，接着面无表情地向你走来……

蝴蝶效应：惨惨柴门风雪夜

进入27号蓝色剧情 ✈

27号蓝色剧情

"如果你投降，力宪就不会死在你这种低等人的手上。"青年把脚踩在你的头上，寒声说，"所以，像你们这种人，就不该掌握武器。"

他脚下一用力，你就失去了动静……

游戏失败

人力大约是无法打败他了，唯一能够战胜他的大概只有……天命？

28号蓝色剧情

你拼命挣扎，想要去抓那把掉落在地的枪。

"枪根本伤不了我，你还要它干什么？"青年好整以暇地抢在你前面捡起枪，轻轻一捏，枪口就扁了，"喏，这样总算能断了你无谓的幻想了吧？"

他把枪扔到一边，狞笑着向你走来。

"我的儿啊……我的迁儿……在哪里……"

一个令人毛骨悚然的哭叫声传了过来，紧接着，小门里，缓缓走入一个白发骷髅般的老妇。

连那青年都微微楞了一愣。

你急中生智，喊道："娘，我是迁儿，快救我！"

老妇眼角斜了你一眼，冷笑："你？迁儿？你以为我疯了……是不是？你们都以为我疯了……我心里明白得很，我儿子已经死了……是死在十二年前，还是死在现在，都不重要了……"

她嘴中喃喃，又摇晃着身子准备离开，这时，她看到了赤裸的青年，忽然站住了，呆呆地注视他，哑着嗓子说："死了……我们的儿子死了……"

"你这疯老太婆。"青年冷笑，"没错，我们的儿子都死了，我儿子被你儿子杀了，而你儿子，又被这小子杀了。不过不要紧，你和他，都会死的。"

"不……"老妇缓缓摇着头，说，"是你的一个儿子，杀了你的另一个儿子……"

"你在说什么疯话？"青年不耐烦道。

老妇干枯下垂的脸皮颤动起来，形成一个诡异无比的惨笑："迁儿……也是你的儿子……"

"疯了……疯了！"青年厌恶地说，"你这疯婆子我看着就恶心！让我杀了你。"

老妇发出"嘎嘎嘎"的难听笑声："是啊，我现在已经人不人鬼不鬼了……可是四十多年前，你不是这样说的……在浣衣室里，你抱着我说，看到我就忍不住想要……不管我怎么反抗，你还是把我给奸污了……你还是不记得？不稀奇。毕竟，在这栋宅子里，你和你的儿子糟蹋了多少女人，你们自己都记不清了吧……"

青年耸耸肩："记得又如何？不记得又怎样？我现在又有了全新的生命。你和你的儿子，在我眼里，根本不值一提！"

"我早就不想活了……"老妇幽幽地说，"可你……我也不能再让年轻的你祸害人间……"

她干瘪的身体忽然冲了过来，死死地抱住了青年。

"滚开！死老太婆！"青年极度嫌恶地吼道。但力大无穷的他，一时间竟怎么也挣脱不开老妇枯瘦的手。

忽然，他感觉到颈部一点小小的刺痛。

他终于推开了老妇，然后捂住脖子，指着你说："你做了什么？"

你扬了扬手上戴的那枚金戒指："李海潮的戒指。多亏了它，我才能过你那关。"

青年冷笑："你以为我不知道他的小动作？这戒指里也并不是毒药，只能……"

"只能让你起点疹子，有片刻动弹不得罢了。但我也只需要这些。"你一边说，一边拿起那瓶洋酒，将酒液灌进他的嘴里。

"你！"青年四肢麻木，只有脸上做出惊骇欲绝的表情。

大半瓶酒灌完，你后退了一步："既然李迁也是你的私生子，那李海潮还是你的孙子。他对洋酒过敏，那你也一样。可伤脑筋的是，你的基因强了十倍，那过敏反应，也会严重十倍吧？"

忽然，青年剧烈地抽搐起来，接着状若疯癫地从地上跳起，在小小的房间里四处冲撞，碰翻了桌上的瓶瓶罐罐。几种不明液体泄露而出，混合在一起 不知怎的，竟忽然起了大火。

你慌忙退到门口，对着痴痴站在原地的老妇说："四奶奶，和我一起逃吧！逃出这地狱！"

她如夜枭般狂笑起来："逃？这个世道就是地狱，又能逃到哪里去？我要亲眼看着他死，看着他黄泉路上如何面对自己的子孙，面对那些被他害死的人！"

狂笑声中，她再一次扑向了青年……

烈焰一下子就吞噬了他们，你稳住惊骇的心神，头也不回地冲了出去。

作为李家唯一的生还者，你毫无悬念地继承了李家的惊人财产。但之后不久，战争打响。起初，你只想做一个苟且偷安的富家翁，但你逐渐发现，岛国人的真实目的是奴役所有的国人，而那些所谓的"绅士"国家都在袖手旁观时，你终于明白了，能够拯救国人的，只有国人。即使你是李家这场权力与财富的游戏的胜利者，但如果连国都亡了，那你最终还是会和同胞一起，沦为永远的失败者。之后，你陆续捐出了家财，大部分用于支援抗战，小部分则用来救助流落申滩的像艾伯一样的洋人，甚至你自己也投身抗战一线。战争胜利后，你不知所终。有人说，你早就死在敌军手中，也有人说，你在一个洋人的帮助下去了异国，开启了一段全新的人生。但不管怎样，你都为霞飞路1293号的传奇，画下了一个意味深长的句点。

游戏
结束